첫
마
음

첫
마
음

정
채
봉 산
문
집

샘터

정채봉

1946. 11. 3 ~ 2001. 1. 9

1월 1일 아침에 찬물로 세수하면서

먹은 첫 마음으로 1년을 산다면

언제든지 늘 새 마음이기 때문에

바다로 향하는 냇물처럼

날마다 새로우며, 깊어지며, 넓어진다.

차례

○

슬픔 없는 마음 없듯

마음 밭의 풍경   15

'나'가 '나'에게   18

창을 열라   20

마음의 문을 열고   26

미안한 시간   32

저녁 종소리   36

모래밭 능선 위의 한 그루 푸른 나무   40

물질을 티끌로 보아라   44

마침표와 첫 마음   52

○

별빛에 의지해 살아갈 수 있다면

단비 한 방울 59

눈을 감고 보는 길 63

새 나이 한 살 68

바다를 생각하며 73

간절한 삶 76

마음에 상처 없는 사람은 없지요 79

생명 82

엽서 다섯 장 85

'순간'이라는 탄환 91

당신의 정거장 94

○

흰 구름 보듯 너를 보며

내가 사랑하는 것들 99

사라지지 않는 향기 102

할머니 105

돌 베고 잠드는 생 111

흙이 참 좋다 114

몸의 녹슬기 121

참 맑다 124

작은 것으로부터의 사랑 129

꽃보다 아름다운 향기 134

별 하나의 위안 139

○

초록 속에 가득히 서 있고 싶다

가을비 145

물을 생각한다 149

꽃과 침묵 153

그리운 산풀 향기 156

낙엽을 보며 159

새벽 편지 162

채송화를 보며 164

풀꽃 167

열일곱 살 소녀가 막 세수하고 나온 얼굴 같은 땅 171

가을날의 수채화 176

눈 속의 눈을 열고 189

슬픔 없는 마음 없듯

별빛에 의지해 살아갈 수 있다면

흰 구름 보듯 너를 보며

초록 속에 가득히 서 있고 싶다

　보이지는 않지만 분명히 있는 것. 그 가운데 하나를 말
해 보라면 나는 '마음'을 들겠다. 마음으로 생각하고, 마
음으로 죄를 짓기도 하고 마음으로 울기도 하지 않는가.
　우리가 고향을 그리워하고 못 잊어 하는 것도 몸이
태어나서 자란 곳이어서기도 하겠지만, 마음이 처음으
로 나온 곳이 다름 아닌 그곳이기 때문일 것이다. "근거
가 있는가?"라고 묻는다면 나는 자신 있게 "그렇다"라
고 대답하겠다. 가슴을 부풀게 하기도 하고 아프게 하
기도 한 아슴한 영상이 도저히 잊으려야 잊을 수 없게
간직되어 있지 않은가 말이다. 그렇기 때문에 나는 고
향을 찾아간다는 것은 처음의 마음을 찾아가는 것이라
고 생각한다.
　그중에서도 나는 우리 집에서 아래 영구네 집까지의

1백 미터 남짓 되는 골목길이 별나게도 그립다. 여름과 가을이면 양쪽 언덕 위의 나무들로 하여 잎새들의 터널이던 골목. 봄이면 민들레꽃이 하늘의 금 단추인 양 다문다문 피어나던 흙길. 때로는 쇠똥이 펑퍼짐하게 뉘어져 있기도 하고 간혹 화사한 능구렁이가 쉬엄쉬엄 들고 나던 돌담이며…….

장에 가신 할머니를 목을 빼서 기다렸고, 선창의 그 가시내가 지나기라도 하면 숨이 가빠서 어쩔 줄 몰라했고, 해 질 무렵 살구나무 위에 올라가서 노을을 바라보면 왠지 슬퍼져서 눈물을 글썽이며 내다보던 골목길. 고향의 그 골목길이야말로 기다림의 씨앗을, 그리움의 씨앗을, 아득함의 씨앗을 내 여백의 마음에 파종시켰던 첫 작물 밭이라고 나는 말할 수 있다.

고향을 떠나던 날, 뒤돌아보게 하고 뒤돌아보게 하던 그 무엇이 지금에도 그 골목 어디엔가 숨어 있지 않을까. 그러나 이제 다시 가보는 고향의 골목길은 황량하기만 하다. 푸른 나무도, 풀꽃도 사라지고 마른 돌멩이들만이 구르고 있을 뿐. 저 좁은 공간에서 어떻게 술래잡기를 했고, 어떻게 공을 찼을까. 그토록 비 오는 밤이면 무서워서 삼촌의 담배 심부름을 겁나 했었는데 지금은 개들조차도 짖지 않는 골목이 되었다. 오늘의 어른들 마음이 모래밭이 된 것은 기실 우리네 고향의 골목길이 황폐해진 것과 무관하지 않으리라 생각한다.

'나'가 '나'에게

한때 내가 나를 아주 싫어한 적이 있습니다. 하는 '생각'이 하는 '짓'이 도통 마음에 들지 않아 거울 앞에 서서 '이 한심스러운 녀석아' 하고 욕을 해댄 적도 있고 '불쌍한 녀석' 하고 혀를 찬 적도 여러 번이었습니다.

윤동주 시인의 〈자화상〉에는 산모퉁이 돌아 외딴 우물을 찾아가서 들여다보는 '나'가 나오는 것을 스님도 알고 계시지요? '미운 사나이'와 '가엾은 사나이' 사이를 왕복하는, 그리하여 마지막 연聯에 이르면 어쩐지 '그리워지는 사나이.'

저는 아직 제가 그리워지지는 않습니다. 다만 내가 나를 사랑하지 않으면 누가 사랑하랴 싶어서, 최근에야 나를 물끄러미 들여다보는 일이 많아졌습니다. 흰 머리칼이 제법 희끗거리고 눈주름도 제법 보이고 보기 싫게

살이 쪄가는 중년 남자. 쓸 만큼 쓰여서 그런지 지난봄
에는 잇몸 공사도 다시 하고 안경 도수도 한 급 더 높였
습니다.

5월에는 갑자기 유명을 달리한 친구가 생긴 데다가
주위의 권고도 있고 해서 생전 처음 종합 검진이라는
것을 받았는데, 내장 가운데 두 군데에 재검진이 떨어
졌습니다.

다시 오라고 한 날, 잔뜩 주눅이 들어서 갔더니 위는
벽이 좀 헐었다며 약을 주었고 간은 절주節酒하라는 명
령을 받았습니다. 그래도 금주 아닌 절주여서 천만다행
이었습니다만, 한편 그동안 내장한테 함부로 대한 것을
사과하지 않을 수 없었습니다. '미안하네' 하고요.

어제는 거울 앞에서 남한테는 헤펐으면서도 나한테
는 인색했던 미소를 쑥스러움을 무릅쓰고 선사하였습
니다. 오늘 밤은 나를 껴안아 줄 생각도 하고 있습니다.

스님, '나'는 '나'이어서 행복한 것이겠지요.

장마철입니다. 스님네 앞 도랑에 물소리가 크겠네요.
도랑물에도 안부를 전합니다.

나는 무릎에 상흔이 많다. 지금은 엷어져서 확연히 드러나 있는 것은 서너 개밖에 되지 않지만, 어렸을 적에는 어느 하루 빤한 날이 없는 무릎이었다.

그것은 어린 날의 내가 좀 부잡스러웠던 것도 사실이지만 무엇보다도 길을 걸을 때 눈앞을 살피며 걷는 것이 아니라 먼 데를 보며 다닌 나의 시선 때문이었다. 오죽했으면 할머니로부터 '먼산바라기'라는 별명을 얻었을까.

그 시절에는 머큐로크롬(우리는 그때 아까징끼라고 했다) 약 하나 있는 집도 드물었다. 지금도 잊히지 않는 일은 깨어져 피가 솟고 있는 무릎 상처에 흙을 뿌려서 지혈을 하곤 하던 기억이다. 햇볕이 쨍쨍 내리는 담 밑에 홀로 앉아서 빨간 피 번져 나오는 무릎에 솔솔 흙을 뿌리면 서늘한 기운조차도 느껴지는 것이었다.

어린 날에는 그렇게 무릎을 깨면서까지 먼 데를 향하던 시선이었다. 먼 데. 거기를 아스라이 바라보면 동경이 뭉게구름처럼 솟고 보이는 것마다 호기심과 감탄사가 그치지 않던 나날이었다.

그러나 지금은 코앞에만 머무는 나의 시선이다. 날개가 퇴화해 버린 타조 같은 삶에 머무는 현실이랄까. 먼데를 바라보던 날에는 먼 하늘과 수평선과 산봉우리가 보였는데 코앞을 살펴보는 지금에는 발부리 앞의 돌멩이와 잡초와 웅덩이나 보일 뿐이다.

비록 무릎이 깨지는 아픔이 있었으나 그 시절의 상흔마다 꿈덩이가 하나씩 얹혀 있었다. 바람네 동네를 아이 바람으로 가보았고 저녁노을로 크레용 색깔을 빌려서 산 위에 떠 있기도 하였다. 밤하늘의 별들과 우리끼리의 마음속 이야기를 나누었고 새벽 하현달이 되어 외딴 산지기 집 위에서 저물기도 하였다.

그러니까 나의 무릎 상흔들은 내 꿈의 궁궐이었다. 그러나 어른이 된 지금에는 그 흔적조차도 점점 바래가고 있다. 공룡 같은 현실만이 있을 뿐.

그러다 보니 언제부터인지 나의 눈은 그저 보이는 것

만을 볼 뿐 새로움을 볼 줄 모른다. 저것은 전신주이고 저것은 가로수이고 이것은 풀이고 하는 것이나 가리는 카메라의 렌즈와 다를 것이 없는 무감각한 이 눈.

그러나 어렸을 적에는 소나기 한줄금만 지나가도 산빛의 다름을 알아보았었다. 풀물이 한 켜 더해진 것도, 덜어진 것도 가늠했었다. 심지어 눈물 한번 흘리고 나서 바라보아도 새롭게 보이던 풍경이었지 않은가. 하잘것없는 돌멩이까지도 외적을 향해 돌팔매질한 것이 아니었을까 하는 상상이 일기도 한.

나한테는 때때로 나의 구정물이 생겨 있는 정신을 헹궈 주는 스님 서너 분이 있다. 그중에 황선 스님은 나이가 어지간히 들었으면서도 아주 앳되어 보이는 분이시다.

나는 아직 박목월 시인의 시에 나오는 '구름 도는' 청노루의 맑은 눈을 본 적이 없는데, 사람 중에서는 아마도 황선 스님의 눈이 거기에 가장 가깝지 않을까 생각한다.

황선 스님이 조계산 자락의 송광사에 머물고 계실 때의 일이다. 한번은 두툼한 봉투가 배달되어 왔다. 열어보니 '아무도 보아주지 않아도 저 홀로 피어난 들꽃 산

꽃' 사진이 예순여섯 장이나 쏟아져 나왔다. 그리고 또 한 번은 불쑥 전화를 걸어 주셨다. 내 졸저 《그대 뒷모습》의 주문이었다.

그런데 스님이 "그럼 이따가 뵙지요" 하며 전화를 끊으려고 했다. 나는 일순 당황해 물었다. "스님, 서울에 와 계십니까?" 하고. 그러자 스님이 대답했다. "아닙니다. 이따가 기도 시에 뵙겠다는 말입니다."

그것은 충격이었다. 나는 충격의 여진을 쫓아서 그 주말에 송광사를 찾았다. 스님이 머물고 계시는 처소의 마당 한편에는 조약돌이 타원형으로 다문다문 놓여 있었다. 예사롭지 않아서 스님께 물으니 태내의 태아를 생각해 그렇게 해본 것이라고 했다. 봄에는 그 돌과 돌 사이에 채송화를 심었는데 여름에 보니 채송화가 꽃 띠를 이루어 참 신비해 보이더라는 말도 했다.

스님의 방은 꽤나 컸는데 텅 빈 채로 하얀 여백 세상이었다. 벽에는 어떠한 장식물도, 심지어 못 하나도 질러져 있지 않았다. 있는 것이라고는 윗목에 목침만 한 까만 받침대가 하나 놓여 있고 그 위 작은 오지 화병에 꽂혀 있는 하얀 국화꽃 한 송이뿐……. 그저 고요하기만 하였다.

하도 고요하니 문창살 창호지에 어린 햇살 속에서 일 렁이는 것까지도 보이는 것이었다. 가만히 내다보니 그 것은 마루 아래 토방 위에 올려져 있는 대야의 물그림 자였다. 실체에서는 보이지 않는, 물 대야에서 오르는 엷은 김까지도 창호에 비치고 있는 것이었다.

스님도 나도 말이 없었다(여기에서 말을 꺼낸다면 그것은 곧 쓰레기일 것이라는 생각이었다). 오직 있는 소리라고는 바 람이 어쩌다가 걸리고 있는 풍경 소리뿐.

문틈으로 비어져 들어온 햇살이 문턱을 간신히 넘어 서 장판지에 살짝 걸치는 것을 보며 스님의 얼굴에 미 소가 떠올랐다. 그것은 연민의 미소였던 것일까. 이내 스님은 미닫이를 살짝 열어 주었다. 그러자 햇살은 건 너편 벽으로 통로를 이루었고 그 통로에서 나는 어렸을 적에 간혹 보던 미세한 분진들의 난무를 볼 수 있었다.

나는 벽에다 등을 기대고서 윗목의 국화꽃한테로 시 선을 옮겼다. 스님이 호주머니에서 확대경을 꺼내 주었 다. 확대경 너머의 꽃잎들은 장작개비만 했다. 거기에 스님은 물뿌리개로 엷은 물을 뿜어 주었다. 그러자, 보 라, 확대경에 비친 저 왕구슬만 한 이슬방울들을.

스님이 차를 따르면서 비로소 한마디 하였다.

"새롭지요?"

그렇다. 늘상 대하고 있는 것에서도 새로움은 찾을 수 있다. 문제는 묵힌 채로 사는 우리들의 눈이다. 밖의 변화를 못 알아보는 눈은 없다. 변하지 않음에서도 변화를 알아채는 눈이 드문 것이다. 인류의 발달은 후자의 사람들에 의해 이루어진다.

그날 이후 나는 답답함이 느껴질 때면 나한테 이렇게 말하곤 한다.

"다시 한번 눈을 떠보게."

마음의 문을 열고

김수환 추기경님의 귀향길에 동행한 적이 있다. 한티재를 넘을 때라고 기억하는데 추기경님께서 나한테 이런 말을 하였다.

"인간에게는 '나'가 셋 있지요. 내가 아는 '나', 남이 아는 '나'가 있으며, 나도 남도 모르는 '나' 또한 있는 거예요."

내가 아는 '나'와 남이 아는 '나'에 대해서는 쉽게 인정하였다. 그러나 나도 남도 모르는 '나'에 대해서는 한참을 생각하게 되었다. 나는 추기경님께 되물어 보지는 않았지만, 나도 남도 모르는 나는 바로 '마음'일 것이라고 결론을 내렸다. 알다가도 모를 이 마음에 의해 인간은 행복 농사를 짓기도 하고 불행 농사를 짓기도 하지 않는가.

풀잎을 흔드는 실바람 한 줄기, 호수에 이는 여린 파문 한 낱에 조찰의 기쁨을 느끼는 마음이 있는가 하면 인격을 타락시키고 자신을 파탄케 하는 독사의 독을 내뿜는 마음도 있다. 일찍이 조사祖師들은 인간의 마음은 태어난 그대로로서 형태도 없고 색깔도 없고 이름도 없고, 있는 것이라곤 아무것도 없는 것이 전부라고 하였다.

그런데 소유주들이 형태를 만드는가 하면 색깔을 입히고 각종 핑계와 구실을 부여했다. 어떤 사람은 풀뿌리 하나도 꽂을 데가 없는 모래밭 같은 것인가 하면 어떤 사람은 봄비 내린 대지와 같은 것이기도 하다. 또 어떤 사람은 회색 벽돌 색깔인가 하면 또 어떤 사람은 푸른 바다와 같은 색깔이기도 하다. 더러는 음모의 터로 이용하는가 하면 더러는 평화의 터가 되기도 한다.

본디 마음 편에서 본다면 파업하고 싶고 떠나고 싶은 일이 하루에도 몇십 번씩 있을 것이다. 마음을 속이고서도 뻔뻔스럽게 '양심을 걸고'라고 증언하는가 하면 아픈 마음은 아랑곳하지 않고 눈 한번 꿈쩍하지 않는 주인들도 있으니까. 그리하여 마침내 낭패를 보게 되면 뒤늦게야 가슴을 치며 술, 담배, 약물 등을 치료약으로 써서 몸까지 망치는 인간들이 아닌가.

늘 몸보다 먼저 일어나며 일보다 먼저 느끼고 심지어 꿈속에서까지 활동한다. 몸은 차라리 피곤하게 하면 쉬게 해주고 심해지면 약까지 주나 마음은 그저 혹사당하기만 할 뿐이다. 도스토옙스키의 말대로라면 지금도 인간의 마음은 선과 악마가 싸우는 전장인 것이다.

나는 평소 마음 타령을 많이 하는 사람 중 하나라고 생각한다. 마음을 사나운 황소에, 교활한 여우에 비유하기도 했고 그 어떤 고문과 폭력으로도 정복할 수 없는 것, 마음먹기에 따라 지옥과 하늘나라가 바뀔 수 있다는 주제의 글을 쓰기도 했었다. 그러나 내게 막상 마음을 비워야 할 때가 왔을 때 실제화가 되지 않는 허구성을 깨닫고 아연하였다.

내 몸에 반란군의 진입 상태가 심각하다는 주치의의 진단을 받고 병원에 입원했을 때 나는 마음 정리가 마무리되었다고 생각했었다. 그동안의 인연과 애증은 강 건너의 네온사인 도회에 훌훌 벗어 놓고 왔노라고.

그런데도 저녁이면 불면에 시달렸고 어쩌다 잠이 들어도 네온사인 도회의 온갖 잡동사니들이 나타나서 설쳐 댔다. 다시 돌아보니 거기에는 아직 물러나지 않은 세상의 인연들과 애증이 다른 곳 아닌 내 마음의 창문에 비치고 있었다.

그 무렵 나의 기도는 내 마음속에 그림자들을 사라지게 해달라는 것이었다. 어렸을 적, 불빛을 받아 창호지에 두 손으로 지어 보이던 그림자, 그 환영에조차 깜짝깜짝 놀라는, 나는 참 연약한 인간임을 실감할 수 있었던 것이다. 물이 급하게 흘러가도 고요하고 꽃잎이 떨어져도 조용한 마음의 주인도 있다던데 나는 참 작은 냄비 같은 인간이라는 것을 실감한 계기이기도 했다.

법화경에 이런 대목이 있다.

"쇠의 녹은 쇠에서 생긴 것이지만 차차 쇠를 먹어 버린다. 마찬가지로 그 사람 마음에서 생긴 잘못이 자신을 먹어 버린다."

우리는 마음 한번 잘못 씀으로써 패가망신하는 사람들을 어제의 뉴스에서도 보고 오늘의 뉴스에서도 보고 내일의 뉴스에서도 볼 것이다. 또한 드물게나마 마음 한번 바르게 써서 꽃잎은 떨어져도 지지 않는 영원한 꽃 또한 본다. 그러니까 인간의 마음에는 독사와 독수리도 살지만 해독초와 펠리컨도 있고, 투우도 살지만 투우사도 있는 것이다. 문제는 기생한 녹이 쇠를 먹어 버리듯이 본래의 청정한 마음이 사욕에 오염되어 버린

데 있다.

현대의 과학과 기술만 해도 그렇다. 인간을 위해 발명한 기계와 연마한 기술이 이제는 신의 자리까지도 넘보는 우상이 됐다. 하늘나라를 약속하는 것이 아니라 현세를 없는 것이 없는, 넘치는 세상으로 바꾸겠다는 구세주의 등장인 셈이다. 과학과 기술에도 내면에는 의의와 윤리가 있었다. 그러나 현대의 살인적 경쟁에 매달려 가다 보니 처음의 인간을 위한 의의와 윤리는 사라지고 오직 목적만이 남아서 생태계까지도 파괴시키는 발전으로 오히려 인류가 불안한 현실에 직면해 있는 것이다.

"하늘이 내린 복을 다 받지 마라"는 말이 있다. 새 세기를 맞는 과학인과 기술인은 누가 먼저 내놓느냐는 경쟁에서 한 걸음씩 물러나 처음의 마음, 곧 인간을 위한, 인류의 미래를 위한 의의와 윤리를 다시 챙겨야 할 것이다. 삼라만상은 복잡하게 얽힌 두뇌 신경처럼 인간의 마음들로 연결되어 있다고 한다. 그러기에 오늘 우리 앞에 산이 있고 나무가 있고 새가 노래하는 그런 내 밖의 마음과 내 안의 산과 나무와 새가 함께 어우러지는 겸허한 마음이 하나 될 때 우주만유는 비로소 안녕하다고 할 수 있을 것이다.

문제는 마음이 나와 가족 그리고 공동체에 한정되어 버린 데 있다. 자신이 생각하는 것만이 곧 최선이고 자신의 가족만이 우선이며 자신이 소속된 공동체만이 절대적이라고 믿기 때문에 마음이 서로 단절되어 인류가 일종의 동맥경화 현상을 겪고 있는 것이다.

새 아침에 우선 당신 한 사람을 구원하기 위한 이 마음의 소리를 들어 보라.

돈을 나뭇잎처럼 보시오.
감투를 물거품처럼 보시오.
세상이 좋다는 것을 그렇게 보는 사람은
어떤 불행도 그를 보지 못할 것이오.

미안한 시간

독일에서 5년 동안 공부하고 돌아온 신부님의 초대를 받았다. 신부님의 방은 사제의 공간이라기보다 여느 화가의 작업실과 다름없는, 물감 냄새가 짙게 배어 있는 곳이었다. 한쪽 벽에 걸린 기이한 시계가 눈에 들어왔다.

원형의 벽시계인데 우선 유리막이 없었다. 숫자판은 하얀 물감으로 온통 발라져 있었고 그 위에 목으로 각인한 1, 2, 3이 12까지 간신히 나타나 있었다. 그런데 정작 있어야 할 시침과 분침이 없었다. 초침 저 혼자서 재깍재깍 쉬지 않고 돌고 있었다.

"거참 희한한 시계군요" 했더니 신부님의 대답이 재미있었다.

"창고에 버려져 있던 것을 꺼내 왔어요. 겉 뚜껑이 깨지고 시침도 분침도 없지만, 내장은 멀쩡하더군요. 그래서 내 나름대로 분장을 시켜서 걸어 두고 있는데 많은 것을 생각게 하는군요."

그 시계를 보고 생각하는 신부님의 '많은 것'을 나는 모른다. 그러나 그중 한 가지는 이런 것이 아닐까 하고 생각해 보았다. 그 시계에는 못으로 낙서를 한 듯한 '잃어버리는 시간들'이라는 글이 있었는데, 시침과 분침이 없고 초침만 움직이는 게 극명하게 보이기 때문에 우리가 잃어버리는 시간을 너무도 잘 보여 주는 게 아닐까.

누군가한테서 이런 말을 들은 적이 있다. 시간의 속도는 자신의 나이에 2를 곱하면 나온다는 것. 그러니까 스무 살인 사람은 $20 \times 2 = 40$, 곧 시속 40킬로미터이나, 쉰 살은 $50 \times 2 = 100$, 말하자면 시속 1백 킬로미터이니, 같은 시간이라도 엄청난 차이의 속도감이라 아니할 수 없다.

얼마 전 가까운 인척 가운데 한 분이 암으로 투병하고 있다는 소식을 들었다. 문병을 갔더니 그분은 이제 막 머리칼이 빠지고 있는 머리를 만지면서 "'난 참 바보처럼 살았군요'라는 유행가 가사가 나를 두고 한 말인 듯싶으네" 하고 쓸쓸히 웃었다.

그러나 그분이 얼마나 열심히 살았는지를 알고 있는 나로서는 고개를 저으며 강하게 부정했다.

"어떤 사람도 그만큼 사시기 어렵습니다. 발바닥에 박힌 굳은살이 그걸 말하고 있습니다. 맨손으로 일어나서 회사를 일으키고, 자식들도 그만하면 잘 키우신 겁니다."

침묵하고 있던 그분이 다시 입을 열었다.

"나한테 너무 미안해……. 그 좋은 시간을 나한테만 너무 인색했어……."

이 한마디는 나한테 새로운 깨달음을 주었다. 사실 나 자신도 곰곰이 생각해 보면 내 안에보다도 바깥에 거의 모든 시간을 할애해 오고 있지 않은가 말이다. 그 숱한 바쁜 일들! 그것이 과연 나의 나를 위한 진정한 나의 시간이었던가?

영국의 수상을 지낸 어떤 사람이 임종 시에 남겼다는 고백록이 떠오른다.

"나한테는 두 가지 소원이 있었다. 그것은 우리나라의 수상이 되어 보는 것이었고, 또 하나는 바닷가에 오두막을 짓고 살아 보는 것이었다. 그러나 수상은 되었으나 바닷가에 오두막을 짓고 살아 보는 것만은 이루지 못하고 가게 되어 원통하다."

당신의 지금은 어떤 시간인가?

저녁 송소리

해남 미황사를 다녀왔습니다.

봄이 무르익을 대로 무르익은 남도 길에서는 꽃을 떼어 놓고는 시선을 건넬 데가 없을 정도였습니다.

저와 눈 맞춘 꽃들을 대충 적어 보자면 이렇습니다. 무꽃, 배추꽃, 갓꽃, 쑥갓꽃, 유채꽃, 자운영꽃, 토끼풀 꽃, 민들레꽃, 독새풀꽃, 탱자꽃, 싸리꽃, 찔레꽃, 돌배꽃, 산 복숭아꽃, 애기똥풀꽃, 제비꽃…….

이 정도는 제가 알아맞힌 꽃 이름들입니다만 부끄럽게도 알지 못하는 꽃들도 상당하였습니다.

아무튼 '니만 꽃 있느냐? 여기 내 꽃도 봐라'며 꽃들이란 꽃들은 서로 다투어서 다 피어 있는 듯한 꽃 세상이었습니다.

아마 지금쯤은 '요것들 보소잉. 어디 꽃 벼락 한번 맞아 보라'며 아카시아꽃이 확확 팝콘처럼 퍼져 버렸을 테지요. 감꽃도 소록소록 피어났을 테고…….

그러나 뭐니 뭐니 해도 지난봄 길에 저는 너른 들녘 가득히 출렁이고 있는 보리를 볼 수 있어서 참 반가웠 습니다. 보리들은 이삭을 볼록볼록하게 배고 있었습니 다만 더러는 목을 내놓고도 있었습니다. 살찐 보리 이 삭을 보고 있자니 만감이 교차하더군요. 보리를 구워 먹던 일이며 보리 이삭을 줍던 일이며…….

달마산 자락에 있는 미황사에는 앞 버스를 놓쳐서 자 그마치 차부에서 한 시간 반을 기다렸습니다. 덕분(?)에 나물 보퉁이를 내려놓고 앉아 있는 아낙네로부터 아들 이 꽁(공)을 기가 막히게 잘 찬다는 자랑도 듣고, 막무가 내로 '더 줘, 더 줘'라고 하는 걸인한테 먹던 비스킷을 고스란히 빼앗기기도 하였습니다.

하루에 여섯 번 운행한다는 그 노선의 다섯 번째 버 스를 타고 미황사에 도착한 시간은 오후 4시. 경내에는 기울고 있는 햇살 아래 석류꽃이 다소곳이 피어 있었습 니다. 다도해를 바라보면서.

아, 대웅전의 부처님이 하염없이 내다보고 계시는 다 도해에는 이내만 어려 있어 저는 공복감을 느꼈습니다.

한동안 뒷산에서 뻐꾸기가 운 뒤에 보니 석류꽃 한 송이가 깨어진 기왓장가에 떨어져 있더군요. 해 역시도 수평선 너머로 뉘엿뉘엿 지고…….

문득 천지에 노을이 든다고 생각하다 말고 저는 보았습니다. 지는 해를 배웅하고 있는 부처님의 발그레한 입술에서 번져 나오고 있는 노을을.

아아. 노을이 어이 생기는지를 알고자 하는 사람은 미황사에 가서 해 질 무렵에 있어 보면 알게 될 것이라고 말씀드릴 수 있겠습니다.

저녁 종소리를 들으며 산문을 나섰습니다. 차가 다니는 신작로에 나왔을 때는 어둠의 잔 깃털들이 다가들어 가게의 불빛을 호박꽃처럼 노오랗게 밝히고 있었습니다.

가게 주인은 막차가 떠난 지 한참 된다고 하였습니다. 어미 개 한 마리가 젖을 출렁거리며 신작로를 유유히 건너간 뒤에 보니 하늘에 별들이 나오기 시작하더군요. 건너편 논에서는 개구리들 합창이 한창 어우러지고…….

길가 간이 정류장에 혼자 우두커니 앉아 있다가 깜박

졸았는지도 모르겠습니다.

　클랙슨이 울려 눈을 떠보니 화물 트럭이 멈춰 서서 타라고 손짓을 하고 있었습니다.

　그날, 미황사에서 저녁 종소리를 들으며 떠나와서 그런지 그날 밤 꿈에서는 별것 아닌 일에 아주 많이 울었습니다.

　부끄러운 속 이야기를 드렸군요. 이해를 구합니다.

　먼 길을 걸어 본 적이 있으신지요? 그것도 빈 주머니에 약간의 허기를 느끼며 타박타박 걷는 길. 이때의 구세주는 다름 아닌 길동무인 것을 경험이 있으신 분은 아시리라 믿습니다. 그것도 입담이 좋은 길동무라면 그가 들려주는 구수한 이야기에 힘든 줄 모르고 목적지에 당도할 수 있었지요.

　인생길도 마찬가지라고 생각합니다. 갈 길은 아득한데 어깨 위의 짐은 무겁고, 거기에다 요즘 같은 불황에 얼마나 스산한 세상입니까. 이럴 때 감동 깊은 이야기로 우리의 가슴을 데워 줄 필요가 있다고 생각합니다. 예전 우리네가 엄동 바람이 문풍지를 울리는 밤에 이불 하나로 식구들의 모든 발을 덮고 아득히 듣던 옛이야기. 때로는 배를 잡고 웃고, 때로는 눈물을 흘리며 듣던 그동화에서 사람의 지혜를, 사람의 법도를 익히지 않았는가요?

오늘 우리가 겪는 이 공황은 경제도 경제지만 마음의 공황도 경제 공황 못지않다고 생각합니다. 어른이 되고 나서 동심을 생각해 본 적이, 혼자 울어 본 적이 몇 번이나 있었습니까. 느낌표와 감탄사가 무성하게 자라고 있어야 할 우리의 마음 밭은 아예 모래밭이 되어 있지 않은지요? 저는 평소 동심이 우리를 구원해 줄 것이라고 믿고 있습니다. 그 한 예로 일본 동화 구리 료헤이의 〈우동 한 그릇〉을 생각해 봅니다.

섣달 그믐밤, 우동 집에 어린아이 둘을 데리고 들어온 여인이 머뭇머뭇 "우동 한 그릇만 시켜도 됩니까?"라고 묻는 것으로 이 아름다운 동화는 시작합니다. 물론 이들의 어려운 처지를 눈치챈 여주인은 주방에다 "우동 1인분"이라고 외치고, 주방에선 또 1인분에 반 덩어리를 더 넣어 끓여 내줍니다.

사실은 우리의 지난날에도 이런 일은 얼마든지 있었던 일이 아닙니까? 장날 같은 때 나물 바구니며 나뭇짐이며 아무튼 이런저런 짐을 이고 나온 어머니와 할머니들이 막국수 한 사발을 시켜 아이한테 건더기를 다 건져 먹이고 자신은 국물이나 후루룩 마시고 떠나가던 일…….

그런데 이네들은 해마다 섣달그믐날이면 밤 10시께에 어김없이 그곳에 나타나서 우동 한 그릇을 시켜서 세 모자가 나눠 먹고 가곤 합니다. 우동 집 주인은 그날이 오면 그들이 늘상 앉는 자리를 예약석으로 남겨서 맞이하는 것이 관례가 되었습니다.

그런데 어느 해 섣달그믐날부터 세 모자는 그 우동 집에 나타나지 않았습니다. 그러나 이 우동 집 주인의 아름다운 마음을 보세요. 세 모자가 찾아와 우동 한 그릇을 먹고 가는 그 자리를 '행복의 테이블'이라고 부르고 있으니까요.

세월을 누가 '흐르는 물'이라고 했던가요? 정말 흐르는 물 되어 흘러가는 세월 속에서 다시 섣달 그믐날이 왔을 때 '행복의 테이블'에 주인들이 나타납니다. 흰머리가 반쯤 섞인 여인과 건장한 청년들로 변하여.

그동안의 세월만큼 늙은 주인은 우동 한 그릇밖에 주문할 수 없었던 세 모자가 그 고난의 세월을 이겨 내고 이제 세 그릇을 주문하게 된 것을 눈물을 흘리며 되받습니다.

"네엣! 여기 우동 세 그릇."

오늘 우리네 주변에서도 라면 한 그릇에 젓가락 세 모가 들어가는 집이 있을 테지요. 이 어른과 함께 읽는 〈우동 한 그릇〉이 희망이 될 수 있으리라 믿습니다.

봄날, 아침에 올라가는 가야산은 안개가 끼어서인지 골이 더 깊어 보였다. 간혹 다람쥐가 빠끔히 내다보는 산길에는 진달래 꽃망울이 잔뜩 부풀어 있었다. 입김만 살짝 불어도 톡 터질 것 같은.

그러나 이들 진달래 꽃망울과는 반대로 내 가슴은 심히 움츠러들어 있었다. 그것은 이성철 종정을 만나 볼 수 있을까 하는 우려 때문이었다. 벌써 세 번째 내려갔다가 올라가는 길이었다.

첫 번째는 무작정 올라갔다가 문전 박대를 당했고, 두 번째는 아랫절(해인사)에 가서 3천 배를 하고 와야 만나 주겠다는 조건에 걸려 물러 나왔었다.

길동무가 있으면 대화가 있고 대화가 있으면 먼 길도 지루하지 않게 갈 수 있다. 동행이 되어 준 종정의 상좌

인 원택 스님과 이런저런 말을 나누게 되었다.

"큰스님의 성정은 어떠십니까?"

"수행들이 공부하지 않고 잠 많이 잔다고 방구들을 곡괭이로 찍어 버릴 정도로 괄괄하신 편이지만 인자하실 때 보면 엄동설한도 그 미소에는 녹지 싶습니다."

"이 기회에 큰스님의 일화 하나 들려주시지요."

"대구 팔공산의 성전에 계실 때 비둘기 한 마리를 키우셨답니다. 정이 들어서 비둘기가 스님의 어깨 위에도 앉고 스님과 장난치다가 심술이 나면 방 안에 오물을 뿌리곤 하는 사이였는데, 하루는 어떤 여신도가 찾아왔더라는군요. 진주 반지, 진주 목걸이를 요란하게 두른 이 부인한테 스님이 '이 세상에 어디 자랑할 데가 없어서 산에 사는 중한테 보석 자랑 왔느냐'고 하면서 진주 목걸이를 벗겨서 어깨 위에 앉아 있는 비둘기의 목에 걸어 주자 글쎄 비둘기가 훨훨 날아가서 영영 돌아오지 않았다더군요."

"스님과 큰스님과의 만남이 궁금합니다."

스님은 한참 망설이다가 입을 열었다.

"대학을 졸업하고 번뇌에 싸여 살 때였어요. 해인사에 원력이 크신 스님이 계신다는 소문을 듣고 찾아뵈

었시요. 다짜고짜 스님께 한 말씀 주십사 했어요. 그랬더니 돈을 내놓으라고 해요. 그리고 '내가 바라는 돈은 너희들의 그 세상사 돈하고는 다르다. 아랫절 부처님께 가서 3천 배 올리고 오너라' 하는 거예요. 그래 그길로 당장 대웅전에 들어가 3천 배를 했지요. 하루 낮 하루 밤이 꼬박 걸린 것 같아요. 무릎이 벗겨지고 그야말로 기진맥진했지요. 흐느적거리며 스님께 올라가 청했지요. 스님이 바라시는 절돈을 장만했으니 말씀을 달라고요. 그랬더니……."

"그랬더니요?"

"글쎄 '속이지 마라' 이 한 말씀만 하시고는 돌아앉아 버리시는 거예요. '속이다니요? 누가 누구를 속였단 말입니까?' 이렇게 항의해 보았지만 대구가 있어야지요. 처음에는 분합디다. 그런데 집에 돌아와서 몇 날 며칠을 곰곰이 생각해 보니 비로소 맑음이 떠오르는 거예요. 다름 아닌 내가 나를 속이고 있다는 것이 말이에요. 그것은 출가하고자 하는 내 마음이었거든요. 그길로 스님을 찾아와 머리를 깎았지요."

이 이야기를 듣다 보니 백련암에 닿았다. 그곳의 아침나절은 새들 세상이었다. 새들이 지붕이고 마당이고 마루고 가리지 않고 날아다니거나 뛰어다니고 있었다. 상좌 스님이 종정이 계시는 염화실로 들어간 뒤 나는 손가방을 든 채로 토방 위에 우두커니 서 있었다. 참새 한 마리가 날아와서 길손의 비어져 나온 운동화 끈을 콕콕 쪼았다.

안에서 두런두런 얘기하는 소리 중에 "3천 배는 하였다더냐?"는 물음이 내 귀에 들렸다. 나는 나한테 묻는 것이 아니었는데도 엉겁결에 "안 하였습니다" 하고 큰 소리로 대답했다. 그러자 껄껄 웃음소리가 들리더니 "문 열어 줘라" 하는 말소리가 흘러나왔다. 이렇게 해서 나와 성철 스님의 대담은 이루어졌다.

"스님이 지금 느끼시고 계시는 것은 무엇인지요?"

"따스니까 다니기에 좋네."

"봄이면 젊은이들한테 봄바람이 난다고 합니다만……."

"꽃필 때 춤도 좀 춰 보는 게 좋지."

"프랑스의 작가 마르그리트 유르스나르 여사는 현대 문명사회의 미美는 사물의 경우 자연의 원리에 충실할 때라고 했습니다. 스님께서는 어떻게 생각하시는지요?"

"자연을 바로 보는 것이 참다운 미야. 화가는 자기 보는 대로 그리지 않는가. 그러나 눈을 뜨고 보는 사람하고 눈을 감고 보는 사람의 작품은 천지 차이가 있는 거지. 내가 자꾸 눈을 뜨면 광명이고 눈을 감으면 캄캄하다고 말하고 있는데 사람들이 눈을 뜨고 사는 것 같지만 실제에 있어서는 감고 사는 거야. 눈을 바로 떴을 때라야 '아, 내가 이제껏 감고 있었구나' 하고 깨닫는 것이거든. 꿈을 꾸면서 누가 꿈이라고 하는가. 꿈을 깨서야 '아, 꿈을 꿨었구나' 하는 거지. 자연, 자연 해도 보는 사람마다 다 달라. 산은 산이고 물은 물이나 그것을 바로 보기는 참으로 어려운 거야."

"스님께서 조금 전에 말씀해 주신 '바로 보는 경지'를 일반적으로 도道라고들 하는 것 같습니다. 그 도에 대해서 좀 더 자세히 설명하여 주십시오. 그리고 도를 깨치려면 어떻게 해야 하는지요?"

"도는 우주의 근본이며 만물의 자체이니 시공을 초월하고 시공을 포함한 절대체야. 따라서 만물 하나하나가 모두 도이며 현실이 곧 절대이지. 이 도는 인간의 마음속에 완전히 갖추어져 있어. 그러니까 마음을 바로 보면 도를 아는바, 이것을 깨쳤다고 하는 거야. 마음을 보지 못하는 것은 망상이 마음을 덮고 있기 때문이지. 구름이 해를 가리면 해를 보지 못하는 것과 같아. 해를 보려면 구름이 걷혀야 함과 같이 마음을 보려면 망상을 없애야 해. 망상이 티끌만큼이라도 남아 있으면 마음을 보지 못한단 말씀이야."

"그러면 스님, 도를 깨치면 어떻게 됩니까?"

"도를 깨치면 망상이 영영 소멸되어 소멸된 그 자취도 없게 되니 이것을 무심無心이라고 해. 망상이 소멸되어 무심이 되면 목석木石과 같으냐, 그게 아니야. 큰 지혜 광명이 나타나서 항상, 한결같이 영영 변함이 없어. 이것을 일여一如라 하는 거야. 보통 사람들은 깊은 잠이 들면 정신이 캄캄히 어둡지만 깨친 사람은 광명이 항상 일여하므로 아무리 깊은 잠이 들어도 마음은 밝아 있으니 이것이 깨친 증거야."

"운명에 대해서도 듣고 싶습니다. 그리고 운명이라는 것을 바꿀 수 있는지요?"

"인과因果가 있을 뿐이지 결정적인 운명은 없어. 콩심은 데 콩 나고, 팥 심은 데 팥 나는 우주의 근본 법칙 그대로이지. 모든 결과는 노력 여하에 달려 있는 거야. 결과를 걱정할 것이 아니라 힘써 노력하면 좋은 결과가 자연히 따라와. 여기에 큰 자유의 원리가 깔려 있어. 어띤 사람은 결과가 원인에 반비례하는 일도 있다고 할지 모르나 이는 노력이 부족한 탓이지 운명은 아니네. 자력自力을 다했을 때 타력他力이 나타나는 것이야.”

“스님은 지금 용돈을 얼마나 가지고 계시는지요?”

“내 손에는 한 푼 없으나 천하 돈이 다 내 돈이여.”

“그러나 스님, 현실은 물질과 과학 만능이어서 돈 없이 사람다운 삶을 살기가 점점 어려워진다고들 합니다.”

“그러니까 눈을 뜨고 바로 보란 말이야. 자기의 본모습은 광대무변한 바다와 같고 물질은 바다 위에 일어났다 없어졌다 하는 거품과 같은 것이네. 바다인 자기 가치를 알면 거품인 물질에 따라가지 않을 거 아닌가. 우리가 살고 있는 지구가 한없이 큰 것 같지만 끝없는 허공 속에서 볼 때는 보잘것없는 미소한 존재에 불과해. 지구도 이러하거늘 하물며 지구상의 물질 따위는 더 말할 것도 없지. 인간이 바로 살려면 자기의 근본 가치부터 먼저 알아야 해. 자기가 순금인 줄 알면 순금을 버리고 먼지인 물질을 따라가지는 않을 거 아닌가.”

“행복의 길을 구체적으로 말씀하여 주십시오.”

“행복은 인격에 있지 물질에 있는 것이 아니라니까 그러네. 물질이 풍부하더라도 인격이 부족하면 불행하고 물질이 궁핍하더라도 인격이 훌륭하면 행복한 거야.”

“일반적으로 돈 있고 높이 되는 것을 행복이라 말합
니다.”

“그거야 어린애들 놀이지.”

“일본의 스즈키 다이세쓰鈴木大拙라는 선학자禪學者는
눈〔目〕이 먼저 있었던 게 아니고 필요에 의해서 생겨난
것이라 했더군요. 그렇다면 마음도 필요에 의해서 생겨
난 것인지요?”

“마음은 천지가 생기기 이전부터 있었어. 천지가 다
무너져도 마음은 그대로 있는 거야. 시간적으로도, 공
간적으로도 우주에 꽉 차 있는 것이 곧 마음이지.”

“스님의 어디를 찍어야 마음이 나타날는지요?”

“내 마음은 우주 전체에 퍼져 있으니 이 가야산 자락
아무 데나 찍어도 내 마음은 다 나타나.”

스님이 자리를 옮긴 뜰에는 마악 목련이 터지고 있었
다. 낮 예불이 시작되었다.

1983년 4월의 일이다.

마침표와 첫 마음

　오랜만에 친구를 만났습니다. 지난 초겨울에 만나고 여름이 막 시작되는 이제 만났으니 그와 나 사이에는 그동안에 봄 한 철이 빠져나가고 없는 것입니다.

　친구는 나의 위아래를 훑어보더니 이렇게 말하는 것이었습니다.

　"눈, 코, 입, 귀 하며 팔, 다리 하며 다 있을 데 제대로 있네, 뭘."

　나는 이 친구가 왜 이런 말을 하는지 의아하였습니다. 그런데 친구는 이런 말을 덧붙이는 것이었습니다. "시내 곳곳에 있는 교통사고 현황판을 볼 때마다 겁이 더럭더럭 나는 것이야. 저 사망자 네 사람 가운데 내 아는 사람은 없는가, 저 다친 사람 2백 명 가운데 내 친지도 있을 텐데 하고 말이야."

정말 그렇습니다. 현대의, 치사율이 가장 높고 백신이 나와 있지 않은 병이 '교통사고'라고 하듯이 우리는 사실 여기에 무방비 상태입니다.

언젠가 대학 동기가 맥주를 한 병 비우고 운전대에 앉으면서 하는 말이 걸작이었습니다.

"나는 술 한잔 마시고 면허 딴 사람이라서 술 마시고 하는 운전이 정상일세."

그러나 그렇게 자신만만하던 친구도 사고를 당했다는 전갈이 와서 찾아갔더니 웃음을 잃고 천장만 쳐다보고 있었습니다. 하나뿐인 우리의 목숨에는 연습용이 없다는 것을 비로소 알았다고 했습니다. 그런데 바로 어제는 선배 한 분이 차 사고로 아예 우리 곁을 떠나갔다는 부음을 들었습니다. 며칠 전까지만 해도 낭랑한 목소리로 전화를 걸어 준 분이었습니다.

나는 어떤 자동차 회사의 사보에 연재물을 하나 게재하고 있습니다. 짧은 우화를 그림과 함께 싣는 난이지요. 언젠가는 〈급살병〉이라는 것을 쓴 적도 있습니다.

이 '급살병'의 1기, 그러니까 초기 증세는 입속에 담배 니코틴 같은 욕지거리가 끼면서부터 비롯됩니다.

"죽고 싶어 환장한 녀석이군."

"뭐, 저따위 인간이 다 있어."

"미친놈!"

이보다 더 심한 욕 소리를 하는 사람도 나는 많이 보았습니다. 그러나 운전하시는 분들은 신기하게도 자기 또한 그 욕을 고스란히 얻어먹는 당사자이기도 하다는 것을 모르고 있는 것 같았습니다.

이 '급살병'의 2기는 부쩍 서두름으로 나타납니다. 오른손에 웃옷을 들고, 왼손에 벗겨진 신발을 신을 틈도 없어 들고 가는 듯 그저 조급하기만 합니다.

10분만 빨리 준비하면, 아니 5분만 먼저 나섰더라도 그렇게 숨이 차지 않으련만 차 빠르다는 것을 믿고 게으름을 피워 게으름 자체가 습관이 되었기 때문에 늘 숨이 차고 새치기하려고 눈치만 발달합니다.

내 탓이 아닌 네 탓 증세가 이 병의 3기입니다. 모든 것을 덮어씌우려 들며 그 요령 계발에 열을 올리는데, 이때에 이르면 보행인조차도 더러 강아지처럼 귀찮아 보이기도 합니다.

나는 말하고 싶습니다. 당신도 보행인 출신이지 않습니까. 보행인으로서 부득이 그렇게 횡단하지 않으면 안 되었던 경험이 있지 않습니까. 횡단보도에 걸쳐 있던 차에 발길질을 하려 한 적도 있지 않습니까.

무엇보다도 자만이 이 급살병을 골수로 파고들게 합니다. 곧 4기이지요.

"이 정도야, 뭘."

바로 이 자만의 발밑에서 소리 하나 없이 활짝 열리는 문이 저승문인 것입니다. 그리하여 우리나라의 경우 하루 평균 30여 명이나 되는 사람들이 이곳에서 저쪽으로 사라지고 있다는 통계가 있습니다.

이 급살병에 대한 나의 처방은 지극히 간단합니다. 지금 그 오만의 마음을 초보자의 마음으로 바꾸라는 것입니다. 처음 차에 오르던 날의 가슴 두근거림, 그 긴장과 환희 속에서의 기도를 되새기라고.

수도자들에게 늘 강조되는 것이 '첫 마음'이라고 나는 들었습니다. 수도에 막 입문하던 날의 그 열렬한 마음이 지속되지 않고서는 험난한 세파에 쉬 휩쓸리게 되듯 첫 마음의 온전함이 아닌 한순간의 방심한 헛눈팖으로 우리의 생이 금방 끝나게 될지도 모를 일 아닙니까.

슬픔 없는 마음 없듯

별빛에 의지해 살아갈 수 있다면

흰 구름 보듯 너를 보며

초록 속에 가득히 서 있고 싶다

단비 한 방울

우리는 일상의 돌발 사태에 대해 '어느 날 갑자기'라는 머리말을 쓴다. 어느 날 갑자기 그 사람이 나타나서, 어느 날 갑자기 걸려 온 전화 한 통화로, 또는 어느 날 갑자기 나타난 징후에 의해 행운과 불운이 교차하고 축복과 저주가 직조되는 현상을 우리는 운명이라고까지 단정한다.

현대는 그야말로 '어느 날 갑자기'로 역전되고 재역전되는 불확실의 시대이다. 오늘 '더도 말고 덜도 말고 이대로만' 하며 단꿈에 젖어 있는 사람들에게 나는 경고한다. 어느 날 갑자기 빛나는 날개를 가지고도 추락할 수 있다는 것을.

지난해 11월, 어느 날 갑자기 나도 회색 세상을 보았다. 차트를 들여다보다가 나와 눈이 마주친 주치의는

두 손으로 이마를 받치고서 말했다.

"심각합니다. 당장 입원하셔야겠습니다."

그로부터 4개월 동안 나는 이 세상을 외면하고 지내야 했었다. 그리고 세밑의 어느 이른 아침에는 수술실로 향하는 밀차에 누워 있었다. 곁에는 어린 딸이 따르고 있었는데 아이는 내가 금방 수술을 마치고 신발을 찾을 줄 알았는지 슬리퍼 두 짝을 들고 있었다. 나는 간호사가 딸아이한테 일러 주는 말을 들었다.

"아버지는 한동안 신발을 신을 필요가 없을 거예요. 갖다 두고 와요."

나는 누운 채 되뇌었다. '아니, 영원히 신을 수 없게 되지는 않을까' 하고.

아아, 세상에 가장 질긴 것이 있다면 그것은 생의 욕구일 것이라고 나는 믿는다. 건너편 방죽 길을 걷는 자체가 행복이라는 것을 비로소 깨닫는다. 아니, 늦은 밤 모닥불을 피우고 둘러서서 불을 쬐는 노동자들의 건강함 속에 섞이고 싶은 환자들의 회한의 입김이 입원실 창마다 서려 있을 것을 이제야 나도 안다.

그동안 병원에서 내 간병인은 무료해했다. 하루 내내 말이 없는 내가 답답했던지 "선생님, 어디가 아프신지

앓는 소리라도 하세요" 하고 채근하다가 그것도 소용이 없으면 CD판이나 바꾸곤 했다. 그런데 어느 날 저녁 무렵에 친구 배웅을 하고 돌아오니 텔레비전을 켜놓고 있던 간병인이 전원을 끄려고 했다. 나는 언뜻 눈에 익은 아나운서가 보여서 같이 보자고 했다.

그 방송이 '사랑의 리퀘스트'였다. 화면에는 아들의 병을 백혈병으로 통보받은 한 엄마의 사연이 애잔하게 흐르고 있었다. 돈이 없다는 죄 아닌 죄의 눈물과 함께.

그러나 텔레비전 화면은 여느 프로와는 달리 숨을 쉬고 있었다. 이 땅의 이름을 밝히지 않는 수많은 풀꽃이 보내오는 향기인 양 1천 원의 수치가 참 열심히도 올라가고 있었던 것이다. 1천 원 푼돈 사랑이 1백억 원의 기적을 일구어냈다는 것은 후에 들어서 알았다. 이 돈이 어려운 환자들의 병원비는 물론 소년 소녀 가장들의 생활비 보조와 결식아동들의 급식비 등 이 세상의 단비가 되고 있다는 것도.

흔히 고해라고 불리는 이 세상에 떠오른 청정의 이 섬이, 가진 사람들 몇몇이 출자한 큰 바위섬이 아니고 이름 없는 작은 조약돌 수십만 개로 이루어진 것이라는 데 의미가 있다. 우리 시대의 성녀 마더 테레사 수녀는 말했나.

"나의 노력은 단지 바다에 붓는 한 방울 물과 같다. 하지만 만일 내가 그 한 방울의 물을 붓지 않는다면 바다는 그 한 방울만큼씩 줄어들 것이다."

그렇다. 바다에 한 방울의 물을 붓듯 전화기에 1천 원을 눌러 넣는 손가락만큼 거룩한 골드 핑거가 어디 있을까.

자본주의 무한 경쟁에서는 '너의 불행이 나의 행복'이라지만 그것은 큰 나무 밭에서 솎아베기를 당해야 하는 거목의 논리일 뿐, 풀뿌리들은 서로 엉켜서 살아가며 작은 것이라도 이렇듯 함께 나누며 사랑을 품앗이하는 것이다.

창밖은 바다였다. 푸른 밀물이 저만큼서 밀려들고 있
는데 그녀는 돌아갈 기미를 보이지 않고 계속 창문을
두들겼다. 나는 "밀물이 들고 있단 말이야, 가, 가라구!"
하고 소리를 질러 댔다.

어느덧 밀물은 그녀의 발목을 훔치고 무릎을 넘어서
가슴께로 올라오고 있었다. 그제야 나는 창을 열고자
팔을 뻗었다. 그러나 유리창은 손잡이가 없는 통유리였
다. 안 돼, 문을 열어야 해, 아니면 유리창을 박살 내든
지, 나는 허둥거리다가 잠에서 깨어났다.

천장에서 오이꽃 같은 엷은 노란색 미등이 내려다보
고 있는 병실. 옆 간이침대에서는 아우가 벽 쪽으로 코
를 박고 잠들어 있고 꿈에서 그녀가 밀물에 잠겨 들면
서 계속 두들겨 대던 유리창에는 칠흑 같은 어둠이 가

득 물러 있었다.

나는 침대에서 일어나 창가로 다가가 밖을 내다보았다. 이 깊은 밤에도 아래 길가에서 움직이는 사람들이 있었다. 그 가운데서 하얀 옷을 입은 여인네들을 발견한 나는 그곳이 이 병원의 영안실인 것을 알았다. 건물의 위층에서는 산 사람들이 신음 소리를 내며 잠들어 있고 아래 지하실에서는 죽은 이들이 침묵한 채로 잠들어 있다고 생각하니 생과 사의 갈림길도 지척인 것을 실감할 수 있었다.

나는 문득 살아 있는 날의 꿈에서 본 그녀가 보고 싶어졌다. 낮에 와서 '면회 사절'이라는 패찰을 보고서도 간호사실에 가 전화로 확인해 줄 것을 사정한 모양이었다. 그러나 나는 만나지 않겠다는 한마디만 하고서 수화기를 내려놓았다. 나는 썰물이라고 생각하고 있었던 것이다. 수평선 너머로 끌려만 가는.

입원 전날 밤 나는 가족들을 모아 놓고서 당부하였다. 당분간 병원에 나타나지 말아 달라고. 왜냐하면 함께 슬퍼만 하다가는 견디어 낼 내 힘이 너무 일찍 소진되어 버릴 것 같았기 때문이다. 그리고 입원해서는 입원실 문에 '면회 사절'이라는 패찰을 내걸었으나 다짜

고짜 밀고 들어오는 사람들은 어쩔 수가 없었다. 나는 친구의 도움을 받아 다음과 같은 고지문을 만들기도 하였다.

　바쁘신 중에도 이렇게 찾아와 주셔서 감사합니다.
　오시는 분들은 갑자기 들은 소식이어서 궁금하여 물어보는 것이겠지만, 답하는 저로서는 매번 같은 말을 반복하게 되어 피곤한 것 또한 사실입니다.
　이것은 예가 아니겠습니다만 서로가 번거로움을 피하고자 그동안의 경과를 적었으니 양해해 주시기 바랍니다.
　평소 B형 간염을 지니고 있었습니다. 그래서 3년 전부터 정기적으로 병원에 들러서 검사를 받고 있었습니다. 그런데 금년 11월 정기 검진을 앞두고 오른쪽 하복부에 간혹 통증이 왔습니다만 대수롭지 않게 여겼습니다. 하나 체중이 짧은 기간에 1킬로그램 또 1킬로그램 줄어서 이상하게 여기고 병원에 가 초음파 검사와 CT 촬영을 해본 결과 간암이라는 판정이 나왔습니다.
　부랴부랴 입원을 해서 수술을 할 것인지, 다른 방법으로 치료할 것인지를 결정하기 위해 지금 각종 검사를 하고 있습니다. 12월부터는 검사 결과에 따른 치료가 본격화될 것이므로 그때는 정말 오시지 않는 것이 저를 도와주시는 것이라고 생각합니다.

회복기에 들어가면 스스럼없이 만나 뵙도록 하겠습니다. 거듭 감사드리고 앞으로의 저의 투병을 위해 제 고향 바다와 같은 푸른 기도를 부탁드립니다.

(이 글은 친구가 대신 써서 본인이 교정을 본 것입니다.)

사람들은 나한테 '고향 바다와 같은 푸른 기도'에 대해 묻지 않았다. 그러나 여기에는 나의 작은 바람이 숨어 있다. 그러니까 MRI 촬영을 할 때였다. 나는 며칠 동안 불면에, 각종 망상에 시달리고 있었다. 나는 제발 망상에서 벗어나게 해달라고 기도하고 있던 참이었다. 그런데 그날 동공 안에 들어가 있는 잠시 동안에 고향의 여름 콩밭 언덕에 내가 서 있는 것이었다.

바다는 푸른 물결로 만조였고, 콩밭 또한 푸른 잎새로 만조였다. 그 푸른 세상에서 나는 그녀를 생각하며 눈물을 지었는지도 모르겠다. 이내 기사가 들어와서 "조셨어요?" 하고 물어서 쑥스러웠는데 조금 전 꿈에 그녀가 나타난 것이었다. 눈 감고 보는 얼굴이었지만.

나는 침대로 돌아와서 탁자 위의 전깃불을 켰다. 그리고 일기장 속에 넣어 가지고 온 달리의, 창 너머로 바다를 내다보고 있는 여인의 뒷모습을 그린 그림(창가에선 젊은 여인) 밑에 새벽을 맞는 오늘의 '나의 기도'를 적어 넣었다.

주님.

아직도 태초의 기운을 지니고 있는 바다를 내게 허락하소서.

짙푸른 순수가 얼굴인 바다의 단순성을 본받게 하시고 파도 노래밖에는 들어 있는 것이 없는 바다의 가슴을 닮게 하소서.

홍수가 들어도 넘치지 않는 겸손과 가뭄이 들어도 부족함이 없는 여유를 알게 하시고 항시 움직임으로 썩지 않는 생명 또한 배우게 하소서.

새 나이 한 살

첫 번 눈을 어슴푸레 떴을 때는 파란 옷을 입고 둘러
선 사람들이 박수를 치고 있었다. 그러고들 "성공입니
다", "수고하셨습니다" 하며 서로 간에 격려하는 말소
리가 강 메아리처럼 울림으로 들렸다.

두 번째 눈을 가까스로 떴을 때는 희미한 망막 너머
의 사람이 "이분은 참 이상하네. 왜 자꾸 눈을 뜨지"라
고 하는 말을 들었던 것 같다. 두 번째까지는 아직도 환
상인지, 실제였는지 가늠되지 않는다.

분명히 기억하는 것은 "정신이 드셨군요" 하면서 나
를 내려다보던 간호사의 동그란 얼굴이다. 나는 잃어버
린 시간에 대해 물어보려고 했으나 입에 마우스피스가
물려 있었다. 그리고 링거와 고무호스가 팔에고 코에고
가슴에고 옆구리에고 줄줄이 꽂혀 있는 것을 그제야 알

앗다. 다행히 귀는 성해서 간호사의 설명은 또록또록히 들렸다. 여기는 중환자실이라는 것과 수술은 잘됐지만 후유증이 염려되니 지시대로 잘해 주면 곧 입원실로 돌아갈 수 있으리라는 것이었다.

아는 얼굴이라곤 하나도 없는 방에서 정신을 놓쳐 버린 이들의 혼잣소리와 신음 소리를 들으면서 나는 자다가 깨고 자다가 깨고를 거듭했다. 나는 목이 말랐다. 건너편 탁자 위의 하얀 유리컵에 맑은 물이 출렁거리고 있었다(후일 보니 그것은 환상이었다). 그러나 몸을 움직일 수가 없었다. 나는 손짓으로 물이 먹고 싶다는 것을 간호사한테 알렸다. 그러자 간호사의 처방은 간단했다. "2번 환자 물을 뿌려 주세요." 나는 그때서야 물이 입을 통과하지 않고 내장으로 곧장 흘러 들어가는 것임을 알았다. 마우스피스가 가래 제거용이라는 것도. 나는 내 육신이 불쌍해졌다. 주인을 잘못 만나 이 무슨 고생인가. 나는 진정으로 사과했다. 미안하다, 미안하다, 미안하다.

벽에 시계가 걸려 있었으나 하루 중 오전 시간인지 오후 시간인지 가늠되지가 않았다. 늘 전깃불이 들어와 있고 분무기의 분무가 자욱했기 때문이었다. 뒷방에 들어 있는 아주머니가 〈만남〉이라는 노래를 썩 잘 불렀다.

무의식 속에 유독 저 노래만이 떠 있는 이유가 무엇일까를 생각해 보다가 그만두었다.

벽시계가 6시 30분을 가리키자 왼쪽 문이 열리며 중환자실의 가족들이 몰려들어 왔다. 그 가운데 딸아이와 홍기삼 교수님과 친구 이금희와 김성구와 정호승의 얼굴이 보였다.

"자그만치 일곱 시간이나 걸린 대수술이었다는군그래. 수고했어."

홍 교수님 외에는 장에 나온 소들마냥 그냥 눈만 껌벅거리며 쳐다보고만 있다가 30분 면회를 마쳤다. 병실은 다시 고요해졌다. 나는 눈을 감았다가 얼른 떠버렸다. 어찌 된 일인지 눈을 감으면 무서운 꿈만 꾸었다. 내가 하도 눈을 자주 뜨자 당직 의사와 상의한 간호사가 진통제 주사를 놓았던 것 같다. 나는 눈꺼풀조차도 무거운 것임을 이때 처음 알았다.

새벽녘이었다. 간호사와 의사들이 바쁘게 움직였다. 그리고 얼마 후 문이 그쪽에 있는 줄을 몰랐는데 오른편에서 외마디소리가 들려 왔다. "안 돼!" 이내 통곡 소리가 들리는가 했더니 차단되어 버렸다. 나는 미루어 짐작했다. 우리 가운데의 누군가가 조금 전에 숨을 멈추어 버린 것이로구나. 가족들이 밖으로 나오는 침대를 붙들고 오열한 것이로구나. '안 돼' 하고 막아섰는데도 떠나 버리고 마는구나. 죽음은 정말 그 어떤 인간의 명령과 사정도 들어주지 않는 것이로구나.

나는 마우스피스를 제거하러 온 간호사에게 물었다.

"오늘이 며칠이지요?"

간호사는 씩 웃으며 대답했다.

"금년 마지막 가는 밤이에요."

뭐라고? 금년 마지막 가는 밤이라고? 나는 정신이 번쩍 들었다. 그럼 내일이 새해 첫 아침이라는 말인가. 나는 문득 지금까지의 헌 나이를 지워 버리고 싶었다. 내일부터는 새 나이라고 말하고 싶었다.

나는 벽시계를 보았다. 11시 55분. 간호사들과 당직 의사들이 텔레비전이 있는 방으로 모이는가 싶더니 이내 '와아' 하는 건강한 함성이 터져 나왔다. 보신각 종이 울리면서 새해 여명으로 넘어서고 있는 것이리라. 나도 소리를 지르고 싶었다. 새 나이를 얻었노라고, 나는 이제 새 나이 한 살이라고.

나는 약해질 대로 약해진 손이지만 그래도 힘을 주어 주먹을 쥐어 보았다. 그리고 나의 종소리는 지금 이 주먹에서 소리 없는 소리로 울려 나가고 있다고 생각했다.
해변의 성에를 깨치고 찬연히 번져 나가는 빛살이 되리
라고.

한 살
새 나이 한 살을
쉰 살 그루터기에서 올라오는 새순인 양 얻는다

썩어 문드러진 헌 살 헌 뼈에서
그래도 남은 힘이 있어 올라온 귀한 새싹

어디 몸뿐이랴
시궁창 같은 마음 또한 확 엎어 버리고
댓잎 끝에서 떨어지는 이슬 한 방울 받아
새로이 한 살로 살자

엉금엉금 기어가는 아기
아무것도 지니지 않은 벌거숭이
그 나이 이제
한 살

작년과 금년 사이에 나는 울음을 많이도 참았다. 어떤 날은 목을 치받고 올라오는 것을 어렸을 적에 코피를 제어하던 것처럼 고개를 젖히고 긴 호흡을 해서 참기도 했고, 또 어떤 날은 집게손가락으로 다른 부위를 아프게 해서 울음을 달아나게도 했다.

그럴 때면 나는 나를 이렇게 달랬다. '이다음에 바다에 가서 울자.' 정말이지 나는 바다에 가서 울고 싶었다. 푸른 바다를 보며 실컷 울어야 눈물의 원이 없어질 것 같았다. 그러나 막상 바다에 갔을 때는 눈물이 나오지 않았다. 할머니의 치맛자락을 붙든 것처럼 마음이 편해서 그냥 하염없이 바다를 바라보고만 있었다. 그것은 바다가 나한테 주는 위로 때문이었을 것이다.

'너 이번엔 초췌해져서 왔구나. 세상살이가 고단하

지? 그래, 그래, 너 말 안 해도 내가 다 안다. 인생은 그런 거야. 이 세상을 다녀가는 사람치고 슬픔이 없었던 사람은 없어. 우리 바다는 원래 세상 사람들의 눈물로 이루어진 거야.'

나는 바다와 내가 처음 만났던 것이 언제였던가를 생각해 본다. 그런데 아무리 기억을 더듬어도 떠오르지가 않는다. 먼 옛날부터 함께 있었던 것 같다. 얼마 후, 나는 유추해 내었다. 나와 바다가 알게 된 것은 엄마의 태중에 있었을 때부터였을 것이다. 엄마의 고향도 바닷가 마을이었으며 바닷가 마을 청년과 결혼하여 나를 가졌고, 그리고 또 바닷가 마을에서 계속 사셨으니까.

나는 태중에서 엄마의 귀를 통하여 파도와 갈매기들 노랫소리를 들었으며 엄마의 코를 통하여 바다 내음을 마셨고, 엄마의 눈을 통하여 해가 뜨고 지는 바다와 비 오는 바다와 눈 오는 바다를 보았을 테지. 그리하여 눈물 없던 엄마의 방에서 눈물 있는 바깥세상으로 나와서 인생이라는 걸음마를 시작할 때부터는 실제의 바다가 알게 모르게 나를 따라다녔다.

당신 나이 스무 살에 돌아가신 엄마는 나의 훈육을 바다에 부탁하셨는지 모른다. 그래, 맞아. 유년 시절 바닷가 마을에 살 때는 저 바다처럼 부족함을 몰랐다. 넘치지도 않았다. 그날의 슬픔은 그날로 끝났고 그날의 즐거움도 그날로 끝났다. 가슴에는 늘 파도 소리 같은 노래가 차 있었고 설혹 슬픔이 들어왔다가도 이내 개미끼리 박치기하는, 별것 아닌 웃음거리 한 번에 사라져버리곤 했다.

　그러나 바다의 품을 벗어나면서 마음의 모래 능선 같은 단순성이 잡초의 늪 같은 복잡성으로 변했다. 호주머니 또한 조개껍데기 두어 낱만 들어 있어도 만족해하던 것이 지폐 한 다발이 들어가도 부족해하게 되었으며, 그렇게 힘들게 쌓았던 모래성도 뒤도 돌아보지 않고 버릴 수 있었는데 도시에 나와서는 작은 무엇 하나도 버릴 수 없어 안달했다. 하나 바다는 오늘도 나를 질책하지 않는다. 연민의 표정으로 나를 그윽이 바라만 볼 뿐. 바다에 삼가 경의를 표하지 않을 수 없다.

간절한 삶

　때로 사람은 남의 장례식이나 병문안을 인사치레가
아닌 생의 충전을 받기 위해서도 갈 필요가 있다고 생
각한다. 공동묘지에 가면 죽은 사람도 많고 병원에 가
면 아픈 사람도 많은 평범한 사실 앞에서 자신의 삶에
대한 성찰을 가질 수가 있는 것이다. 남의 죽음 앞에서
살아 있음의 존귀함을 새삼스럽게 깨닫기도 하고, 건강
하다는 것 하나만으로도 행복을 느끼기도 한다.
　그런데 근래에 지구 무게와도 같은 자신의 생명을 스
스로 버리는 일을 부쩍 많이 보게 된다. 과중한 학교 공
부의 공포에 못 이겨 자살하는 어린 학생들이 느는가
하면 자신들의 주장이 관철되지 않았다 하여 죽는 이들
도 있다.
　심지어 언젠가는 얼굴에 여드름이 많이 난다 하여 고

층 아파트에서 떨어져 자살한 여학생에 관한 신문 기사를 보고 아연한 적도 있다. 그래 여드름이 자신의 생을 포기할 만한 절망이었는가 말이다.

나는 얼마 전에 한 권의 책을 받았다. 어떤 방송국에서 일하는 분이 보내 준 것이었는데 처음에 나는 감수성 시대의 소녀들이 방송국에 보낸 엽서들 묶음집으로 알았다.

그런데 한 쪽 두 쪽 읽어 가는 동안에 나는 사정없이 가슴을 강타해 오는 감동을 받았다.

그것은 골수암을 앓고 있는 열일곱 살 소녀가 스무 살까지만이라도 살고 싶다는 강한 생의 기도문이었다.

"요즘은 하루하루 감사하며 살고 있어요. 살고 있다는 것이 지금처럼 감사하게 느껴진 적이 없어요. 세상의 모든 것이 사랑스럽고, 곱게 보여요. 하다못해 굳어 버린 내 두 다리까지 예뻐 보여요……."

"전 그렇게 슬프지 않아요. 그저 서운할 뿐이에요. 처음 얼마 동안은 밥도 안 먹고 울기만 했지만 이젠 안 그래요. 더 이상 식구들을 괴롭혀선 안 되겠다는 생각이

들어서예요. 이제 더 이상 나 때문에 다른 사람을 아프게 하지 말아야겠어요. 이렇게 내가 떠나고 나면 남아있는 사람들에게 차마 못 할 짓을 하는 것이라는 걸 전 알아요."

"살고 싶다는 말은 안 하겠어요. 단지 조금만, 조금만 더 오래 있고 싶어요. 스무 살이 될 때까지만이라도 살고 싶어요. 아직 난 너무 어린데 조금만 더 이 세상에 섞여 있고 싶어요."

"밤에 잠을 자는 시간이 아깝다고 생각해 보신 적이 있으세요? 전 요즈음 밤이고 낮이고 잠을 자고 싶지 않아요. 내가 깨어 있을 수 있는 시간이 얼마 남지 않았다고 생각하니 도저히 잘 수가 없어요. 시간이 너무 아까워요. 혹시 눈을 감고 자다가 다음 날 아침에 눈이 안 떨어질까 봐 겁이 나 잠을 잘 수가 없어요."

이렇게 생은 간절한 것을!

스님, 하늘빛과 물빛이 시릴 만큼 푸른 가을날의 아침입니다. 이 맑음 속에서 안녕하옵신지요?

지난여름은 저한테 빈 계절이었습니다. 아무 일도 하지 않고 아무도 만나지 않고 그냥 산책길에서 만나는 나무들하고 두런두런 얘기를 나누며 지냈습니다. 그런데 계절이 바뀌면서 서늘바람이 겨드랑 밑을 파고들자 불현듯 바다가 보고 싶어졌습니다. 그래서 지금 남녘에 내려와 있습니다. 가을 해변의 길손이 되어 한 며칠 떠돌고 있는 것이지요.

오늘은 해수욕객들이 떠나 버린 쓸쓸한 해수욕장에 들렀습니다. 한 번쯤 빨래를 했으면 싶은 비치파라솔 아래에서 차 한 잔을 앞에 두고 앉아 있자니 모래 능선에 빈 목을 내놓고 있는 소주병이 허무한 옛사랑인 양 외로워 보이는군요. 저는 눈을 돌려 좀 더 먼 데를 봅니다.

아, 우두커니 서 있는 바위섬 하나가 눈에 들어옵니다. 만일 어떤 선사께서 저더러 이 바닷가에 온 뜻을 말해 보라면 저는 저 우두커니 서 있는 바위섬을 가리키고 싶습니다. 저 바위섬에 파도 결이 내놓은 수많은 상흔처럼 저 또한 세파에 부딪치면서, 그리고 더러는 자해에 의해 빗금 져 있는 마음의 상처를 소금물에 적시고 싶어 왔노라고요.

스님, 정말이지 저는 우두커니 서 있는 저 바위섬을 닮고 싶었습니다. 스님께서도 찾아 주셨던 병상에 있었을 때 저는 참 많이도 우두커니 앉아 있곤 했었지요. 때때로 사람들은 무슨 생각을 하느냐고 물었습니다만, 저는 아무런 생각을 하지 않기 위해 그렇게 우두커니 앉아 있었던 것이라고 이제야 솔직히 고백할 수 있습니다. 병실에, 그것도 중환자실에 있어 본 사람들은 압니다. 생각 자체가 얼마나 괴로운 것인지를.

생각으로 죽음을 짓고 생각으로 지옥을 이루기도 합니다. 생각에 의해 이별을 하며 눈물짓고, 생각에 의해 오해의 늪에 빠져 허우적거리기도 합니다. 이런 번뇌가 잠을 쫓아 버린 새하얀 날밤의 고통은 육신의 아픔보다도 더하더군요. 그러기에 사람들은 생각의 집인 마음을 숨겼다고도 하고, 마음을 빼앗겼다고도 하며 마음을 잃었다는 표현도 하는 것이겠지요.

스님, 언젠가 저는 아흔 살이신 피 선생님을 찾아뵙고 이런 속내를 펴 보인 적이 있습니다.

"선생님, 제 마음은 상처가 아물 날이 없습니다."

그러자 평생 그만큼 순수하게 살기도 어려울 것이라고 여겼던 선생님께서 "정 선생, 내가 내 마음을 꺼내 보여 줄 수가 없어서 그렇지 천사의 눈으로 내 마음을 본다면 누더기 마음일 것입니다"라고 대답하시는 것이었습니다.

스님, 저 바다 가운데 서 있는 바위섬에 파도 자국이 없을 수 없듯이 이 세상 삶을 살아가는 우리들 중에 빗금 하나 없는 사람이 있겠습니까. 바라기는 그저 우두커니 서 있는 저 바위처럼 아린 상처나 덧나지 않게 소금물에 씻으며 살 수밖에요.

오늘은 제 넋두리가 길어졌습니다. 소슬한 가을바람 탓이라고 생각하시고 미소로써 저의 무안을 씻어 주시면 감사하겠습니다. 내내 청안 누리시기를 빕니다.

생명

겨울이 길다고 느껴지던 어느 날이었습니다. 눈[目]
조차도 너무 오래 뻣뻣하다 싶었습니다.

나는 광에서 양파 하나를 꺼내 왔습니다. 그리고 유
리컵에 물을 채운 다음 그 위에 양파를 앉혀 놓았습니
다. 그렇습니다. 초등학생 시절 겨울에 자주 했던 양파
에 싹 오르는 것을 보기 위해서였습니다.

며칠 후 과연 양파의 엉덩이에서는 하얀 뿌리가 내리
고 머리에서는 파란 싹이 나타났습니다.

그동안 눈이 얼마나 저런 파란 싹을 보고 싶어 했는
지 이내 알겠더군요. 집에서 무료하다 싶으면 눈이 창
가의 양파 컵에 가 있곤 하는 것이었습니다.

회사에서의 내 방은 두 평 남짓밖에 되지 않습니다
만 네 면의 벽 가운데 두 면이 바깥 풍경과 연결된 유

리벽입니다.

평소 남들의 발코니를 잘 보고 다니던 나인지라 은근히 내 방의 유리창 정경에 마음이 쓰일 때가 있습니다. 가능하면 꽃 한 송이라도 올려 두어서 나도 그렇지만 지나는 행인들의 눈 공양도 생각해 보는 것이지요.

그런데 얼마 전부터 안팎 사람들의 잔물음을 받는 일이 생겼습니다. 내 방의 남쪽 창에 올려 둔 화병에서 진달래 꽃망울이 터진 것입니다. 2월인 지금에. 조화가 아닌가 하여 일부러 꽃잎을 만져 보는 사람도 있습니다만 봄이면 우리네 산천에 꽃불을 놓는 틀림없는 진달래입니다.

이 진달래 한 다발은 길상사 개원날 마당에서 우연히 뵌 분이 서점에 나오는 길에 맡겨 놓았다고 해서 무엇인가 하고 가지고 올라와 풀어 보았더니 처음엔 그저 잔나뭇가지였습니다. 그런데 가만히 들여다보니 꽃눈이 다닥다닥 붙은 진달래 가지가 아니겠어요? 화병에 물을 채워 꽂아 두었더니 세상에, 햇볕 속의 봄만 따먹었는지 이렇게 잘도 피어나고 있는 것입니다.

물론 내 얘기는 양파의 푸른 싹이나 진달래의 붉은 꽃만을 찬미하는 게 아닙니다. 보다 중요한 것은 생명 있는 것들은 저렇게 포기하지 않고 자기의 본래 모습을 드러내 놓는다는 사실입니다. 특히 진달래 꽃가지가 원근元根으로부터 꺾여 온 것은 우리 사람으로 말하면 반죽음이나 마찬가지 아닙니까. 그런데도 저렇게 잉태한 것을 물 한 가지만 먹고도 마침내 내놓고 마는 것이 갸륵하지 않는가요?

하긴 우리 고향에서 봄날 죽순 오를 때 보면 그들은 제자리를 누르고 있는 돌조차도 불끈 제치고 올라오거든요.

불에 수없이 담금질을 당한 부지깽이조차도 봄이 오면 파란 잎을 틔우고 싶어 한다는데 하물며 사람인 우리에게 있어서랴.

힘내시기 바랍니다.

엽서 다섯 장

∘ 꿈

꿈은 간혹 우리의 수면을 설쳐 놓기도 합니다만 그러나 꿈이어서 다행인 적도 있고 꿈이라도 꾸어서 행복해지기도 합니다. 다시는 볼 수 없는 그리운 사람을 꿈에서라도 본다는 것은 정말 천금을 주고도 살 수 없는 행운이지요.

좋은 꿈은 사고파는 일도 있지 않은가요?

어떤 어머니는 길몽을 꾸어서 아들한테로 가 동전 한 닢에 팔고 왔다는 말을 하였습니다.

아들한테 주고도 주고도 모자라서 좋은 꿈을 꾸자 그것까지도 자식한테 주고자 하는 어머니의 마음…….

∘ 꽃의 이력

꽃은 빛깔입니다. 색색의 켜이기도 하구요, 내일을 얻기 위한 것(씨앗)이어서 저리 아름다운지도 모르겠습니다. 꽃은 그 나무의 성기라고 표현한 시인이 있어서 놀라기도 했습니다.

꽃은 움직일 수 없는 제자리를 고수하며 설혹 그 자리가 매연의 악취 속이라 하더라도 향기 내놓기를 거절하지 않습니다. 순응이 아니라 아름다움의 대결이지요.

꽃은 허례가 아닙니다. 사람들이 그렇게 이용하였을 뿐이에요. 한 떨기 꽃이 피어나기 위하여 저 아래 뿌리에서부터 저 위 잎새까지 눈물겨운 투쟁이 있지 않은가요? 차라리 꽃은 승리의 깃발이라고 해야 옳습니다.

꽃은 아무리 작아도 빈자리를 넉넉히 채워 줍니다. 텅 빈 곳에 작은 동백꽃 한 송이가 들어 있으면 그 공간은 동백꽃의 터가 되고 맙니다. 꽃의 비유가 되는 사람이야말로 행복하다 아니할 수가 없겠습니다.

○ 사랑은 견디어 내는 것

내가 지금 누군가를 생각하고 있듯이 누군가가 또 나를 생각하고 있으리라 생각해 본 적이 있으세요? 그 사람 또한 나처럼 그리워하고 있으리라 생각하면 가슴에 잔잔한 파도 결이 있지 않던가요?

사랑은 참 이상합니다. 보고 있으면서도 보고 싶어지게 하거든요. 우리는 빈 마음이라는 말을 흔히 합니다만 사랑할 때의 마음은 정말 비어 있음입니다. 그리움도, 보고 싶음도. 그러나 미워할 때의 마음을 돌아보세요. 가득 차서 넘치지 않던가요? 끓어오르기도 하는 것입니다. 미움은.

그 사람을 지금 생각하고 있는데 미워하는 마음으로 생각하고 있는지, 사랑하는 마음으로 생각하고 있는지 돌아보세요.

사랑은 오래 참는 데 있으며, 시기하지 않고, 앙심을 품지 않으며, 모든 것을 덮어 주고, 믿고, 견디어 내는 것이라고 바오로 성인은 정의하였습니다.

∘ 지금

'잠깐.'

저에게 당신의 '지금'을 주십시오. 책상 앞에 있는 분도 계시겠지요. 운전을 하고 있는 분도 계시겠지요. 혹시 하품을 하시는 분은 안 계신지요? 졸음을 참고 있는 분도 있으리라 믿습니다. 잔돈을 준비하고 있는 분도, 손톱을 깎고 있는 분도 있을 것입니다.

그러나 이 잠깐 동안에 고통을 참아 내고 있는 병원의 환자 분도 있다는 것을 생각해 보셨는지요?

사랑하는 사람을 떠나보내지 않을 수 없는 아픔에 눈물짓는 연인들의 비통이 이 순간에 있기도 합니다. 쓰리꾼의 칼날에 찢어지는 호주머니도 있구요. 임종의 순간을 맞이하고 있는 분도 있다는 것을 알아야 하구요.

물론 또 한 생명이 이 세상에 태어나고 있는 '지금'이기도 하지요. 지금 당신은 무슨 일을 하고 있는지요? 눈을 부릅뜨고 깨어나는 지금이기를 바랍니다.

◦ 감탄하라, 감탄하라

영혼의 화가, 또는 태양의 화가라고 불리는 빈센트 반 고흐가 1874년 1월에 그의 평생 지기인 아우 테오에게 보낸 편지를 보면 이런 대목이 있습니다.

"될 수 있으면 많이 감탄해라! 많은 사람들이 충분히 감탄하지 못하고 있으니까……. 산책을 자주 하고 자연을 사랑했으면 좋겠다. 그것이 예술을 진정으로 이해할 수 있는 길이다. 화가는 자연을 이해하고 사랑하여 평범한 사람들이 자연을 더 잘 볼 수 있도록 가르쳐 주는 사람이다."

그렇습니다. 감탄할 거리가 있을 때는 참을 것이 아니라 즉각 감탄해야 합니다. 고흐가 지칭한 '충분히 감탄하지 못하는 사람들' 중에 드는 사람이었을 때 우리의 얼굴 표정은 화날 때밖에는 움직이는 일이 없을 테지요. 그리고 어디 자연을 이해하고 사랑하는 일이 화가에게만 주어진 사명이겠습니까. 우리 지구의 내일을 위해서도, 개개인의 감탄을 위해서도 꼭 해야 할 일이지요. 잡초 속에 피어 있는 풀꽃 한 송이, 산 여울에서 헤엄치고 있는 작은 물고기, 푸른 바다, 두둥실 떠가는 흰 구름, 아름다운 저녁노을…….

가슴을 열고 보면 어디 감탄할 거리가 한두 가지입니까. 가슴 두근거리고 놀라고 환호할 때 우리의 행복은 곱으로 느껴지고, 그 기쁨이 밴 얼굴만큼이나 좋은 화장을 한 얼굴은 없을 것입니다.

생명은 우리들 눈에 보이는 생물에만 있는 것이 아니다. 눈에 보이지 않는 세포만 포함할 것이 아니다. 생물도 세포도 아니지만 시간에도 생명이 있다고 나는 생각한다.

당신이 지금 뒤로 흘려보내고 있는 시간을 보라. 죽은 토막도 있을 것이고 산 토막도 있을 것이다.

자연만 푸르게 칠할 것이 아니다. 당신한테 있어 퐁퐁 뛰는 생동감 있는 시간을 푸르게 칠해 보라. 아니, 정확하게 말해서 내 것이 되지 못한 시간을 저 죽음의 회색으로 칠해 보라. 당신의 시간대는 사막의 띠가 되어 있을 수도 있고, 초원의 띠가 되어 있을 수도 있다. 그런 점에서 나는 바쁘기만 한 현대인인 당신에게 '고독한 시간'을 가질 것을 전하고자 한다. 오늘을 사는 우리는 '고독'을 잃어버린 지 오래다. 언제부터인가 허둥거리면서 살아오는 동안 '고요'라는 말조차도 아득해져 있지 않은가.

시골 대청마루에 세상 편하게 대大 자로 누워서 듣던 한낮의 수탉 울음소리, 벽시계가 정시를 알려 주던 그 '데엥 데엥' 하는 여운……. 이러한 것들을 잃고 산다는 것은 소음으로 우리의 시간이 사살되고 있다는 말이 된다.

내가 말하는 소음이란 시끄러운 소리만을 일컫는 것이 아니다. 내가 나를 느끼지 못하는 분주함, 눈 뜨면 옴조이는 걱정거리들, 아니 눈 감아도 떠날 줄 모르는 저 매임이 아우성처럼 들끓고 있으니 소음이 아니고 무엇이겠는가.

당신의 그 일상을 다시 짚어 보라.

일을 한다기보다는 일에 늘 쫓겨 다니고, 내가 한 약속도 나는 상대의 맞은편일 뿐. 늘 바쁘기만 하다가 '아차' 하는 순간들의 연속인 오늘. 이런 '오늘'이 쌓여서 결국 허망한 세월을 이루고 있는 것이 아닌가.

당신에게 오늘이란 어제의 다음 날이 아니다. 내일의 전날이 아니다. 예를 들어 오늘의 그리움은 '오늘 치'이지, 어제의 나머지가 아니다. 내일로 넘겨질 몫이란 아예 없는 것이다. 오늘에 지우지 못함이 원귀이지 않겠는가.

공동묘지로 가는 길목에 아차 고개가 있다고 들었다. 이 세상을 떠나 흙으로 돌아가는 그 순간에 '아차' 해보았자 이미 때는 사라지고 없는 것이다. 당신은 지금 허망한 아차 고개를 지어 가고 있지 않은가?

당신은 지금 '순간'이라는 탄환을 발사하고 있는 것이다. 당신의 순간이 푸름을 관통하는 탄환인지, 허망을 관통하는 탄환인지는 당신이 알고 있다. 만일 허망으로 가는 시간이라면 차라리 '홀로 있음'을 택하라. 그 길만이 당신 생의 마지막에 '아차 고개'를 높이지 않는 길이다.

우리는 정거장에서 차를 기다린다. 기다리던 사람을 맞이하기도 하고 아쉬운 사람을 떠나보내기도 한다. 그러나 이 정거장은 우리들 눈에 보이는 정거장이다. 정작 중요한 것은 사람들 눈에 보이지 않는 정거장을 통해 오기도 하고 떠나기도 한다는 것이다. 우리는 이 보이지 않는 정거장에 나가 맞아들이고 떠나보낼 수 있는 것을 각자가 선택할 수 있다.

희망, 보람, 도전을 맞아들인 사람은 탄력이 있다. 절망, 권태, 포기를 맞아들이는 사람도 있는데 이들한테는 주름으로 나타난다.

한 가지 중요한 것은 이 레일에서 기쁨은 급행이나 슬픔은 완행이라는 사실이다. 그리고 찬스를 실은 연차는 예고 없이 와서 순식간에 떠나가나, 실패를 실은 열차는 늘 정거장에 대기하고 있다는 것이다. 그리고 이 보이지 않는 정거장에서는 자기 마음에 들지 않는다고 해서 그냥 돌아오지 못한다. 누구이건 이것이냐, 저것이냐를 택해야만 한다.

행복이냐, 불행이냐, 기쁨이냐, 슬픔이냐, 성공이냐, 실패냐. 그러나 모두 행복과 기쁨과 성공을 원하기 때문에 사람들이 방심하고 있는 순간에 열차는 왔다가 탄환처럼 사라진다.

어떠한 순간에도 정신을 놓치지 않는 사람, 꽃잠이 오는 새벽녘에도 깨어 있는 사람, 작은 꽃 한 송이에도 환희를 느끼는 사람. 이런 사람만이 자기가 원하는 것을 맞이할 수 있다.

이 보이지 않는 정거장은 수평선이나 지평선 너머 멀리 있는 것이 아니다.

바로 현재의 당신 가슴속에 있다.

슬픔 없는 마음 없듯

별빛에 의지해 살아갈 수 있다면

흰 구름 보듯 너를 보며

초록 속에 가득히 서 있고 싶다

비 온 뒤에 한 켜 더 쟁여진 방죽의 풀빛을 사랑합니다.

토란 속잎 안으로 숨는 이슬방울을 사랑합니다.

외딴 두메 옹달샘에 번지는 메아리 결을 사랑합니다.

어쩌다 방 윗목에 내려오는 새벽 달빛을 사랑합니다.

화초보다는 쑥갓꽃이며, 감꽃이며, 목화꽃이며, 깨꽃을 사랑합니다.

초가지붕 위에 내리는 새하얀 서리를 사랑합니다.

무 구덩이에서 파낸 무들의 노오란 순을 사랑합니다.

아스팔트를 뚫고 올라왔다는 담양의 그 죽순을 사랑합니다.

고향의, 해 질 무렵이면 정강이에 뻘을 묻히고 돌아오던 건강한 수부들을 사랑합니다.

지나가는 걸인을 불러들여, 먹던 밥숟가락을 씻어서 건네주던 우리 할머니를 사랑합니다.

상여 뒤를 따라다니며 우느라고 눈가가 늘 짓물러 있던 바우네 할머니를 사랑합니다.

남의 허드렛일을 자기 일처럼 늦게까지 남아 하던 곰보 영감님을 사랑합니다.

명절 때면 막걸리 기운에 코끝이 빨개져서 소고 하나만을 들고 농악대 뒤를 따라다니며 덩더쿵덩더쿵 어깨춤이 신나던 복애 아버지를 사랑합니다.

동네 머슴 제사를 1백 년이란 긴 세월 동안 한 번도 거르지 않고 지내고 있는 문경의 농바윗골 사람들을 사랑합니다.

죽으면서 동네 정자 앞에 있는 소나무에 자기 재산의 절반인 논 열다섯 마지기를 상속시킨 예천의 이수목 노인을 사랑합니다.

눈 쌓인 겨울날이면 산짐승들이 걱정되어서 산자락에 무며 고구마를 던져 놓는 송광사 스님을 사랑합니다.

고향을 잊고 사는 사람들에게 고향 소리를 들려주고자 여치 1만 마리를 키우고 있는 전주의 서병윤 씨를 사랑합니다.

내가 사랑하는 이 모든 것을 버무려서 그 누구도 아닌 한국의 아이로 복제하고 싶은 《초승달과 밤배》 속의 주인공이 '난나(나는 나)'입니다.

　　풀꽃 하나도 아끼는, 조용한 아침의 나라다운 화평和平의 피를 가진 아이. 이 땅의 난나들이 자연을 정복하는 것이 아니라 산천과 융화해서 사는 삶, 양적인 물질의 풍요보다는 생활의 질을 추구하는 삶, 그리고 보다 높은 인간적 사랑으로 분열을 극복하고 하나 되어 살아가기를 이 밤에 기도합니다.

사라지지 않는 향기

경복궁에 가면 '향원정'이라고 하는 정자가 못 가운데 있다. 이름 그대로 멀리서 오는 향기를 대할 수 있는 정자라는 것이다.

그러나 한편 우리는 이렇게도 생각해 볼 수 있다. 그렇다면 그곳에는 어떠한 사람도, 그러니까 코가 욕심에 의한 매연으로 메워져 있는 사람도 멀리서 오는 향기를 맡을 수 있느냐는 것.

우리는 배가 고파 있을 때 먼 데의 찌개 끓는 냄새에도 지극히 코가 예민해지던 것을 기억하고 있다.

꽃향기도 마찬가지이리라. 어떤 곳이냐가 아니라 어떤 마음이냐에 따라 꽃향기가 들 수도 있고, 들지 않을 수도 있다.

곧 멀고 가까운 것은 거리가 아니라 '열린 마음'이냐

'닫힌 마음'이냐에 달려 있는 것이 아닐까.

썩어 가는 것에서는 악취가 난다. 특히 숨을 멈춘 동물은 이내 부패하게 마련인데 어찌나 심한지 코를 막고 싶게 하는 것이다.

그러나 식물은 다르다. 산풀을 베어 와서 마당가에 널어 본 사람은 기억할 것이다. 산풀의 그 향긋한 향기를.

나무를 잘라도 그렇다. 베어 넘어진 소나무에서는 풋풋한 솔향이 묻어난다. 아카시아에서는 아카시아 향이 묻어나고 전나무에서는 전나무 향이 묻어난다(루오는 '향나무는 찍는 도끼날에도 향을 남긴다'는 명언을 남겼지). 장작을 쪼개어서 가지런히 재어 놓는 산사의 나뭇단 곁을 지나가 보라. 고기 두름에서 나는 냄새하고는 전혀 다르다.

아니, 썩어 가면서 악취 아닌 향내를 풍기는 것들이 있다. 과일이 그러하다. 그중에서도 유자나 탱자, 그리고 모과와 사과가 서서히 썩어 가면서 나는 냄새는 가을 방을 가득 채우고도 남는다.

우리 사람 또한 동물의 몸을 취하고 있다. 그렇기 때문에 병이 들면 악취를 내게 된다.

우리 사람 속의 영혼은 식물성이지 않을까 생각해 본

다. 이 세상을 다녀간 분들 중 성인은 스러질 줄 모르는 향기를 남겼지 않은가 말이다.

할머니

　마음이 허해질 때면 나는 문득 고향을 찾아가고 싶어
진다. 고향의 붉은 빛깔이 드러나는 흙과 정이 깊게 깔
린 사투리도 물론 그립다. 그러나 그보다도 나는 고향
에 있는 할머니의 묘 앞에 그저 몇 분 동안만이라도 주
저앉고 싶다.

　간혹 고요를 헤치고 날아서 풀숲 어디엔가 숨는 여치
나 방아깨비들. 그들처럼 나도 풀 위에 누우면 재 너머
서 들려오는 뻐꾸기 울음소리에 서울의 블록 담들이 데
워 놓은 내 이마의 미열이 조용히 가라앉을 것이다.

　무엇보다도 나의 할머니 산소가 높거나 낮지도 않은
'넝쿨등'의 우리 밭 가운데 있는 것이 좋다. 당신이 생
전에 고구마 순을 놓기 위하여, 콩을 심기 위하여, 그리
고 오뉴월 뙤약볕을 한 장 수건으로 가리고서 김을 매

셨던 이 밭 한가운데 허릿심을 푸셨을 때 할머니의 영혼은 비로소 고향의 푸른 하늘 안쪽으로 민들레 꽃씨처럼 둥둥 떠가지 않았을까.

적어도 우리 할머니는 삐비 꽃이 피고, 들 찔레꽃도 피고, 그리고 밤이나 낮이나 풀벌레들 울음소리가 낭랑한 밭언덕에서 조용히 바래어지셔야 한恨이 없을 분이었다.

할머니는 열여섯 살 신부로 스물세 살 신랑을 아무것도 모른 채 만났다고 했다. 활동성 넘치고 붙임성 좋은 남자와 눈물 많고 부끄러움 잘 타는 여자가 함께 살아간 한세상.

그러나 할머니한테도 질투는 참기 어려웠던 모양이었다. 할아버지가 바람이 나서 한 달이고 두 달이고 집에 발걸음을 않자 어느 날 몰래 그 집에를 찾아갔더란다. 그러고는 무당한테서 들은 대로 나란히 놓인 두 켤레의 고무신 가운데서 그 여자의 고무신을 들고나와서는 작두로 두 동강을 내어 버렸다는 분풀이.

남의 것을 훔쳐내온 적도 그때 딱 한 번뿐이었고, 내가 살기 위하여 남을 액풀이한 것도 그때 한 번뿐이었고, 그처럼 또 속이 후련했던 적도 그때 한 번뿐이었노라고 할머니는 때때로 회고하시곤 했다. 남들은 자식을 키우고 가르쳐서 혼인시킬 때까지가 어렵고 그 이후는 보통 안정기로 접어든다고 한다. 그러나 우리 할머니의 업보는 정작 그때부터 시작되었으니 팔자치고는 참 기구하다고 아니할 수가 없다.

기울어져 가는 가세와 함께 갑자기 죽어 버린 며느리, 그것도 자식이나 남기지 않았다면 별문제가 안 될 텐데 열 달 정도의 계집아이와 그 위의 세 살배기 사내아이를 두고 갔으니 그 아득한 절망의 깊이를 무슨 자로 재어 볼 수 있을 것인가.

거기에다 어린 오누이의 아비 되는 아들은 일본 땅으로 건너가서 소식이 없고, 텅 빈 고가古家에는 병석에 누워 있는 남편과 어미도 아비도 없는 어린 손자뿐.

나는 언젠가 고향의 바닷가에서 갈대밭 사이 뻘 길을 기어 다니는 늙은 게 한 마리를 본 적이 있다. 어둠과 밀물이 저만큼서 다가오고 있는데 집을 찾지 못하고 갈대밭 사이 뻘 길을 방황하는 게. 우리 남매를 키울 때의 우리 할머니의 초조와 외로움이 그러했으리라.

엄마가 얼굴을 익혀 주지 않고 돌아가셨어도 할머니가 오래까지 사셨다는 사실은 나의 첫째가는 복이었다.

그 때문에 할머니는 내내 바람따지의 늙은 소나무처럼 부대끼고 부대끼면서 서러운 한세상을 살게 되고 마셨지만.

우리 할머니가 마음 놓고 잡수실 수 있는 음식은 무엇이었을까. 나는 때때로 그것을 생각해 보면서 회한에 젖곤 한다. 할머니는 우리 앞에선 무쪽 하나도 함부로 입에 넣고 우물거리지 못했으니까.

어느 잔치에라도 초대받아서 가신 날이면 할머니는 꼭꼭 작은 수건으로 싼 것을 들고 오시곤 했다. 당신은 국물에 술 한 잔 마시는 것으로 만족하고 상 위에 놓여 있는 떡이나 부침 등속은 싸 오셔서 손자들에게 나누어 주시는 정.

고향에서는 그 연약한 혼자 몸으로 농사를 지었고 이웃 읍내로 이사 가서는 한동안 풀빵을 구워서 팔았고, 국수 장사를 하기도 했다. 물론 이 모든 것은 어린 손자의 학교 뒷바라지 때문이었다. 소설책을 보느라고 밤늦게 있어도 공부 열심히 한다고 생고구마라도 깎아 내오지 못하면 아파하시던 할머니의 그 가슴.

미원이 처음 나왔을 때 그것이 무슨 비약인 양 찬장 속 깊은 곳에 감춰 두고서 끼니가 오면 손자의 국그릇에나 조금씩, 조금씩 쳐주시던 그 안타까운 마음.

언젠가 우연한 자리에서 어떤 재벌의 재산이 화제가 된 적이 있다. 그날은 특히 그 사람이 가지고 있는 골동품에 대한 이야기가 오고 갔었는데 그 자리에서 문득 불문학자 한 분이 이런 말을 했다.

"그 사람은 어떻게 죽지요? 그 아까운 것들을 가지고 가지 못하고 죽을 때는 얼마나 억울할까요?"

그런 면에서 본다면 우리 할머니처럼 다 주기만 하고 살다 간 사람은 차라리 속이 편했을 것이다. 주다가, 주다가 나중에는 손자가 걸린 염병까지도 대신 앓고 싶어 했을 정도였으니.

할머니는 내가 군에서 제대해 돌아오자마자 이 세상을 떠나셨다. 아니, 그보다 훨씬 전에 할머니의 육신은 이미 무너졌던 모양이었다. 그날까지는 다만 의식만이 살아서 움직이고 있었을 뿐이었다. 손자의 얼굴을 보고 죽겠다는 그 가냘픈 의식만이.

그렇게 간단히 숨 한번 거두어 버리면 말 것을 손자의 얼굴이 무엇이라고 그 큰 고통을 며칠이나 더 참고 기다리셨을까.

임종하기 하루 전날. 나는 처음으로 할머니께 소원을

말해 보았다.

"할머니, 내가 은혜를 갚을 수 있게 조금만 더 살아요."

그러나 할머니는 가만가만히 고개를 저었다. 한참 후에 간신히 눈을 뜨고 할머니는 말했다.

"니 하나 앞길 닦았으면 됐지. 은혜는 무슨⋯⋯."

사람이 어느 누구 하나에게 밑거름이 되는 삶보다 더 귀한 것이 있을까. 나는 나의 어린것들이 나보다는 저희 증조모를 더 많이 닮기를 바란다. 부끄러워할 줄 알며, 끝없이 주면서도 아깝게 느끼지 않는 그런 마음가짐으로 살기를. 한 그루의 잘 다듬어진 정원수가 아닌 비바람 속의 방풍림으로 살아 주기를.

아니, 거기에는 미치지 못한다 하더라도 최소한 봉사하며 살 수 있는 직업을 가져 주길 바란다. 교사가 되든, 교통순경이 되든.

그리하여 나는 어린것들이 어둠과 밀물이 밀려오는 갈대밭 사이에서 집을 찾지 못하고 기어 다니는 한 마리 게의 초조와 외로움을 이해하고 동정하게 된다면.

아아, 그렇게 된다면 삐비 꽃과 들국화가 새하얗게 핀 밭 언덕 거기에 계시는 할머니의 혼이 우리와 늘 함께 있어 줄 것이 아닌가.

법정 스님을 처음 만난 것은 지면으로부터였다. 묵은 월간지를 뒤적이다가 우연히 스님의 글을 보았는데, 이런 대목이었다.

해 질 녘쯤 되어 시아버지 되는 모기가 외출을 하면서 며느리에게 이렇게 당부한다.

"얘야, 내 저녁밥은 하지 마라."

며느리는 웬일인가 싶어 "왜요, 아버님?" 하고 묻는다.

시아버지는 먼 산을 바라보면서 힘없이 대답한다.

"마음씨 좋은 사람 만나면 잘 얻어먹을 거고 모진 놈 만나면 맞아 죽을 테니 내 저녁일랑 짓지 마라."

귓전에서 앵하고 신경 건드리는 모깃소리가 들릴 때, 그걸 후려치려고 손을 번쩍 들었다가 문득 모진 놈 만나면 맞아 죽을 거라는 그 집 시아버지의 말이 떠올라 손을 내리곤 한다.

마음씨 좋은 사람은 못 되더라도 어찌 모진 놈이야 될 수 있겠는가.

후일 내가 스님을 뵈었을 때 그때 받은 감동을 말씀 드렸더니 이런 당부를 하셨다. 그거야 우화로 치더라도 사람들이 최소한 자신의 생일에는 남의 목숨을 빼앗은 결과인 고기를 먹지 않았으면 한다고.

현실의 막된 사냥과 먹을 탐에 눈앞이 어두워지다가도 스님을 생각하면 금세 잎새에 스치는 한 줄기 바람이 느껴지는 것이다.

스님의 부엌에 들어가 보면 부엌훈이 있다.

"먹이는 간단명료하게, 반찬은 세 가지가 넘지 않게."

쌀쌀맞다는 세간의 구시렁거림을 더러 듣는 분이시지만 간혹 가사 자락 속에서 나오는 알사탕 맛은 그윽하기만 하다.

스님이 묵고 계시는 암자의 정랑淨廊(화장실)은 대밭 바로 앞에 있다. 거기는 나무살이 성글어서 사철 내내 푸른 대숲을 조용히 바라볼 수도 있고 바람도 수시로 드나들 수 있어 그야말로 청정하다.

그러나 이 풍치보다도 나를 더 숙연케 한 것은 변기 양편 바닥에 그려져 있는 신발 위치도였다.

거기에 신발을 맞추면 바른 자세가 된다. 곧 정랑의 참선 자세라 할까.

소쩍새 울음소리에 고개를 들면 저만큼 벽 한쪽에 꽂혀 있는 청미래 가지에 고요가 양껏 배어 있는 것을 볼 수도 있다.

무엇보다도 나는 노동으로 그은 스님의 손을 사랑한다.

손톱 위로 낫의 빗금이 나 있는 것을 보면 낫질 솜씨도 보통이 아님을 알 수 있다.

그 풀 베고, 장작 패고, 빨래하는 스님의 손에서 흘러내린 글이 얼마 전에 왔다.

소나무 아래서
돌을 베고 잠이 들다.
새소리에 놀라 깨니
해가 기울다.

김수환 추기경님을 찾아갔을 때 나는 몸에 상흔이 몇 개나 있느냐고 물어보았다.

"두 군데 있어요."

추기경님은 오른쪽 이마 위에 약간 함몰된 부분을 보여 주었다.

"네 살 때였는지, 다섯 살 때였는지, 아무튼 선산에 살 때였어요. 형을 포함한 동네 아이들이 일본 아이들 하고 패싸움을 벌인 적이 있는데 그때 그 틈에 끼어 있다가 일본 아이가 던진 돌에 맞고 생긴 것이에요. 그리고 이건……."

이번에는 오른쪽 다리의 바지를 걷어 올리고서 정강이에 나 있는 허연 상흔을 보여 주었다. 그것은 군위에서 살 때 개울가에서 어른들이 가축을 잡으며 칼 가져

오라고 심부름을 시켰는데 부엌칼을 가지고 달려가다
가 찔린 자국이라고 했다.

"마음에는요?"

"마음에는…… 마음에는 빈자리가 있지요."

두 손을 모아서 유난히도 긴 인중에 대고 있던 추기
경님이 한참 후 '늘'이라는 한마디를 더했다. 그러니까
마음에는 늘 빈자리가 느껴진다는 말이다.

그런데 웃을 일이 생겼다. 어머니(서중화 여사)가 마흔
한 살 때 본 8남매의 막내라면서 이런 사실을 털어놓은
것이다.

"어머니가 나이 들어 나를 낳으셨기 때문에 젖이 없
었나 봐요. 때마침 시집간 큰누나께서 아이를 낳아서
큰누나 젖을 얻어먹고 자랐어요."

내가 웃자 추기경님도 따라 웃으며 덧붙였다.

"우리 어머니께서도 딸이 애기 낳을 때 당신도 나를
낳게 되어 부끄러웠다 했어요."

추기경님이 태어난 대구 남산동 집터에는 지금 보성
주택 아파트가 들어서 있었다.

차 안에서 물었다.

"군위에서 사셨을 적에 어떤 것이 기억나시는가요?"

추기경님은 한창 피어나 있는 밭의 파꽃을 물끄러미 내다보면서 대답했다.

"여덟 살 때 아버지가 돌아가시고 형마저 대구 소신학교로 떠나간 뒤 어머니와 단둘이 살 때였어요. 행상을 떠나신 어머니를 기다리느라고 신작로에 나가 우두커니 서 있곤 하였지요. 그 무렵 서산에 해가 지면서 저녁노을이 떠요. 그러면 막연한 슬픔 같은 것이 가슴속에서 우러나면서 어디론가 떠나고 싶곤 하였어요. 산 너머에 포근한 고향이 있을 것 같은 그런 생각이었지요. 그러나 후일 산 너머로 가보면 포근한 고향은 또 하나의 산을 넘어가 버리곤 했지요."

맨 먼저 들른 군위초등학교는 추기경님이 대구 소신학교로 나오기 전, 그러니까 입학해서 5학년까지 다녔던 곳이다. 당시 소학교에서는 학생들이 나이가 많아 8세인 추기경님의 같은 반에만 해도 장가든 사람이 예닐곱 명이나 있었다 했다.

"글쎄 어떤 아버지가 아들을 자전거 뒤에 태우고 왔길래 봤더니 아들을 우리 교실에 데려다주고 돌아가는 것이 아니라 자기는 상급반 교실로 들어가지 뭡니까."

나는 슬쩍 물어보았다.

"추기경님의 초등학교 적 성적이 궁금하네요."

"중간이었어요. 그땐 잘하면 갑, 못하면 병, 그리고 그 사이가 을이었는데 을이 대부분이었고 병도 있었던 것 같아요."

"갑은 하나도 없었는가요?"

"하나 정도가 있었는데……."

"어떤 과목이었는지 기억하십니까?"

"창가였던 것 같기도 하고……."

"어른들하고 공부했던 때이니 그만한 성적 얻기도 어려웠던 것 아닙니까?"

"그러나 같은 여건이었는데도 형님(동한, 신부, 1983년 선종)은 갑이 대부분이었어요."

그때 함께 한 국제 재활원 전성용 부원장이 슬쩍 한 마디 얹어 주었다.

"형님 신부님이 그러시는데 아버지가 돌아가셨을 때 공동묘지에 가서 흙을 한 줌 들고는 '형아, 흙이 참 좋다'라고 하시더랍니다."

여기에서 또 순진하기는 추기경님 같은 분도 없을 것이다 싶은 대구가 나왔다. 못 들은 척하고 그냥 있으면 될 것을 "난 기억에 없어요" 하는 것이 아닌가.

내가 말했다.

"그럼 어린 날에 한 말을 일일이 다 기억하고 있는 사람이 어디 있겠습니까. 상대방이 충격적으로 받아들여서 기억하고 있는 경우 말고는."

이때 추기경님 특유의 미소가 나왔다.

그런데 또 한 번 추기경님이 빙긋 웃은 일이 생겼다. 이제는 폐가가 되었을망정 추기경님의 그리운 집이 있는 용대동에 갔을 때였다. 읍장이 당시 추기경님 집의 아랫집에 살았던 분이 생존해 있다면서 오토바이로 모시고 왔다.

한복에 중절모를 쓴 박두선 옹은 올해가 팔순이라고 하였는데 추기경님의 얼굴을 유심히 들여다보더니 이렇게 말했다.

"아, 쬐끔 알겠대이. 그런디 자네 서울 가 천주곤가 뭔가 하는 디 들어가서 영판 높이 돼버렸다며? 나 나중에 서울 가문 밥 한 그릇 술 한 잔 줄 수 있갔제?"

군위를 떠나 한티 성지에 들렀다가 고갯마루를 넘었다.

나는 물었다.

"지난봄에 황인철 인권 변호사 장례 미사 때 하신 강론이 감명 깊었어요. 특히 왜 하느님은 이런 분은 일찍 데려가시는가 하고 자문하시던 대목요."

"그래서 하느님이 계시지 않나 하고 의심하는 분도 있지요. 그러나 그럴수록 하느님이 안 계시면 안 돼요. 하느님이 계시니 그런 원망이라도 할 수 있는 것 아닌가요?"

화제를 바꾸어서 나는 기억에 남는 선물이 있느냐고 물었다.

"안동에서 신부 생활을 처음 할 때였어요. 어머니의 친구분 되시는 이 마리아 할머니가 계셨는데 고백 성사를 하러 오실 때마다 계란 하나씩을 가지고 와서 꼭 당신이 보는 앞에서 먹으라고 채근하시곤 했어요. 한번은 명주옷을 해와서는 보는 데서 입으라고 어찌나 성화이시던지……."

대구에 가까워지면서 추기경님이 문득 나한테 물었다.

"사람한테 고통이 없다면 어떻게 될까요?"

"몸만 자라고 마음은 자라지 않는 식물인간이지 않겠습니까?"

이번에는 내가 물었다.

"추기경님께서도 고통이 많으시죠?"

추기경님은 미소를 지은 채 차창 밖만 내다보았다.

어둠 속에 별이 뜨고 있었다.

몸의 녹슬기

얼마 전에 나는 올해 76세나 되는 원로 소설가 한 분을 찾아갔다. 지금도 양주 반병 정도가 주량인 이분은 중년의 우리와 아주 정정한 모습으로 술 대작을 하였다.

이분의 건강 관리란 아침에 생수를 한 컵 마시는 것. 그리고 저녁 식사 후 10여 분 달리는 것밖에 없다고 한다. 그러나 나는 이내 이분의 자주 일어남을 보고 '저것이구나' 하고 건강 비법을 알아냈다고 감히 말할 수 있다.

그분께서는 최근 허리가 아파서 고통받고 있노라고 했다. 그런데도 안주가 부족하면 안주 가지러, 책이 필요하면 책 가지러, 술 주전자가 비면 정종 데우려고 서너 시간 동안 스무 번도 더 일어나시는 것이었다.

집안일을 도와주시는 분이 주방에 있음에도 불구하

고 손수 나서시는 것이다. 일반적으로 나이가 들고 지위가 높아지면 '모심'을 받는 것이 우리네 풍토이다. 전에는 일일이 찾아가서 물어보던 것도, 가져오던 것도 이제는 보고를 받고 인터폰으로 지시하면 된다.

심지어 저만큼 떨어져 있는 재떨이조차도 손가락질로 가져오게 한다. 그리하여 할 수 없이 일어나야 할 때 일어나려면 안 아프던 허리도 새삼스럽게 아프고, 세상만사 귀찮아지는 것이 점점 많아져 간다고 들었다.

바로 이것이 '몸의 녹슬기'라고 본다. 움직이지 않는 기계에 쉬 녹이 슬지 않던가.

개화기 서양 선교사와 의사가 테니스하는 것을 보고 '저런 땀 흘리는 일은 종을 시킬 일이지, 왜 직접 나서서 하느냐'고 물은 우리네 고위층도 있었다.

그러나 '쉼 없는 움직임'처럼 좋은 운동이 어디 있겠는가. 시골에서는 구박받는 노인이 오히려 장수한다고 한다.

싫든 좋든 일거리가 주어져서 끊임없이 일해야 하므로 생명력이 실해지고 있다고 봐야 할 것이다. 대신 잘 '모심'을 받아 움직임이 둔해진 노인은 이내 영원히 굳어져 버리지 않던가.

작년에 나는 한동안 외국어 학원에 다닌 적이 있었다. 그런데 거기에서 새삼스럽게 느낀 것은 나의 암기력이 대학생들에 비해 월등 떨어진다는 사실이었다.

학생 시절에는 나도 당일치기 공부로 시험을 보곤 했었는데, 이제는 어림도 없었다. 그러나 응용력은 그들보다도 단연 앞선다는 것을 깨닫고 실소를 쏟았다.

그동안 암기 기능보다도 응용 기능에 의지한 직장 생활의 편력이 여실히 드러났기 때문이다.

근래에는 특히 오너 드라이버가 늘고 있다. 자동화가 선호를 받는 추세이다. 어떻게 생각하면 지극히 편해져 가고 있는 현실이지만, 한편으론 우리의 생명력이 그만큼 '모심'을 받아 무기력하게 주저앉고 있는 중이다.

몸도, 마음도, 머리도 쉬지 말고 움직여라. 그것만이 당신의 장수 비결이다.

참 믾나

　초등학교 다니던 시절, 크레파스 가운데 가장 쓰이
지 않았던 색을 들라면 누구나 하얀색을 들 것이다. 그
러나 단 한 사람, 이이의 크레파스 통에서는 반대로 하
얀색이 가장 먼저 닳아져 없어지지 않았을까 생각한다.
이이의 시는 달빛 같은 하얀색으로 그려 놓은 그림을
보는 듯한 시이기 때문이다.

　이이를 처음 만난 것은 지난해 늦가을날 밤이었다.
자정 무렵에 도착해서 차 한 잔을 마시고 이내 왔던 길
을 되짚어서 당진으로 떠났다. 배웅하고서 하늘을 보니
초승달이 걸려 있었다. 초승달이 그를 내내 따르려니
생각하고 집에 들어와 놓고 간 원고를 펼쳤다.

　매일 밤 그는 긴 편지를 써서 불꺼진 내 창가에 놓고 간다

어떤 날은 깨어 있다가 그의 편지를 받기도 한다

오늘도 그는 뜰 앞의 높은 잣나무 가지에 턱을 괴고

조용히 내 창가를 바라보며

편지를 쓰고 있다

방에 불을 켜고는 그의 편지를 읽을 수 없다

뜨락에 숨어 사는 귀뚜라미들도 그의 편지를 받았는지

소리 높여 저마다의 목소리로

그것을 나에게 읽어 주고 있는데

나는 편지 속에 담긴 그의 조용한 목소리를

아무에게도 전해 줄 수 없다

이 세상 누구로부터도 받을 수 없는 황홀한 연애편지를

날마다 그에게서 받으며

이렇게 살고 있다

– 〈달빛 편지〉

이 얼마나 은은한가. 새하얀 은박지에 봉숭아 꽃물든 약지 손톱으로 그려 놓은 무색無色의 세상이 아닌가.

'방에 불을 켜고는 읽을 수 없는 편지.' 빨강을 비롯한 저 아우성치는, 아니 괴성을 지르는 유채색 편에서 본다면 적막하기 그지없는 달빛을 황홀히 연모하는 이이가 도리어 이상할 것이다.

그러나 이이는 당당히 고백한다. '이렇게 살고 있노라'고. 이는 어쩌면 '팔구월 신작로 길 양옆을 가득 메운 코스모스'와 '오뉴월 한참 물기가 오른 냇가의 버드나무나 보리 대궁으로 피리를 만들어 불던 유년의 고향' 덕분일지도 모른다.

물이 맑으면 아무리 깊은 강 속도 훤히 보인다.

이이는 너무 맑다. 시의 내장까지도 훤히 보일 정도다.

이이는 그의 시가 '새벽 첫 우물물'이기를 바라고 '석양보다 더 붉은 참회'이기를 바란다. 그러나 여느 신인들처럼 시의 단순 생산자이기를 거부한다. '시보다 더 아름다운 삶'을 구하며 절대자를 만나는 가교로서 시에 의지한다고 그의 시 〈시인의 기도〉에서 밝히고 있다.

그러나 대단히 외람된 말씀이지만 퍼내지 않고는 배겨 낼 수 없는 시샘(詩泉)이 그의 가슴 한가운데 있음을 이이의 시를 읽은 분들 또한 나처럼 눈치챘으리라 믿는다. 억지로 쓰려고 해서 된 시가 아니라 물이 퐁퐁퐁 솟아나는 듯 시가 절로 하얀 눈 위의 사슴 발자국처럼 찍혀 있지 않은가.

그의 가슴이 움직이면 모두 시를 담아 내오는 것이

다. 산에서, 노을에서, 돌에서, 풀에서 이슬 한 방울 별 빛 한 실금 스친 사실이 이이의 영혼에 이르면 절대자 로의 그리움이 되는 것이다.

가을 산행길에서 절로 영글어 떨어진 밤 한 톨 줍다.
만지작거리다 꽉 깨무는 순간 밤벌레 한 마리 고개를 쏙 내 민다. 나도 깜짝 놀랐지만 그 녀석은 더 소스라치게 놀란 표정이다.
나는 하마터면 그 녀석의 징그러운 몸뚱이를 깨물 뻔했다 는 사실에 놀랐고, 그 녀석은 태어나면서부터 살아온 세상 전체가 갑자기 두 쪽이 나고 생명까지 두 동강 날 뻔한 일 생일대의 엄청난 사태의 발생에 놀랐다.

아, 누가 있어 어두운 밤 속에 있는 나의 이 집도 흔들어 깨 물어 줄 것인가? 그 앞에 나도 이 추한 몸뚱이를 그대로 드 러내고 싶다.
자기가 전부라고 생각했던 세계가 박살나면서 나타난 시리 도록 푸른 하늘, 그 하늘을 보면서 밤벌레는 죽었다.
나도 그처럼 죽고 싶다. 단 한 번만 그 하늘을 볼 수 있다면 굳이 애벌레가 나비로 변하지 않아도 그냥 지금 이대로 죽어노 좋다.

　– 〈가을 산행길에서〉

　이는 한 마리 밤벌레에서 깨우친 천지개벽이 아닌가. 그런가 하면 이이는 가끔씩 하루살이들과 함께 미사를 드리다가 하아얀 제대포 위에 날아든 베짱이의 작은 눈에서 '수천 억의 모래알이 빛나는 밤하늘을 우러러보는 황망스러움'(〈미사일기 Ⅱ〉)의 내밀한 신비를 고백하고 있기도 하다.

　어쩌면 입선入禪의 경지에 든 이이의 시에서 허심虛心의 청복淸福을 나누어 가는 이 많으리라 믿는다.

밟은 이 있어도 발자국 없고
죽지 않고는 오를 수 없고 오르지 않고는 살지 못할
마음속에 아득한 산 하나
– 〈山에서〉

그 산에 나도 하찮을망정 내 꽃을 올린다.

작은 것으로부터의 사랑

사람들은 육체의 목이 마를 때는 물을 찾는다. 그리고 육체의 배가 고플 때는 먹을거리를 찾는다.

그러면 영혼의 목이 마를 때는 무엇을 찾는가? 그리고 영혼의 공복을 느낄 때는?

물론 종교의 《성서》를 읽는 것이라고, 또는 음악을 듣는 것이라고 대답할 분들이 많을 것이다.

여기에 나는 시詩가 한 잔의 생수 구실을 할 수 있을 것이라고 귀띔하고자 한다. 인생길이 팍팍하다고 생각될 때, 그리고 봄날의 저 화사한 햇살조차도 무료하다고 느껴질 때 시 한 수를 두런두런 낭송해 보시라. 그러면 더러 가슴에 녹색이 차 오르기도 하리라.

내가 시를 쓰는 이 수녀님을 처음 만난 곳은 서울 동자동에 있는 성 분도 병원이었다. 그날은 아침 이슬을 머금고 피어나는 수련같이 청순한 초여름 날씨였는데 병원 안은 크레솔 내음이 자욱하였다.

한참 후 나타난 수녀님은 위아래 가운이며 머릿수건까지 온통 하얗게 빛나고 있었다. 내가 "흰 구름이 드시는 줄 알았습니다" 하자, "제 본명이 클라우디아(구름)인 것을 어찌 아셨어요?" 하고 잔잔히 웃었다.

나는 수녀님과 대화를 나누다 문득 그 응접실에 크레솔 내음 말고, 열어 둔 문틈으로 기웃거려 드는 향기를 느꼈다.

그것은 아카시아 꽃향기였다.

아카시아 꽃향기와 크레솔 내음이 교차하는 그 방에서 생각나는 것이 있었다. 몸의 병을 알아보고 치료하는 병원과 마음을 닦으며 하늘의 길을 가는 수도자와, 몸을 지키기 위한 크레솔과 마음을 적시는 꽃향기와.

그날 나는 돌아오는 길에 수녀님의 동시 〈솔방울 이야기〉를 읽었다.

뒷산에 오를 때마다
한두 개씩 보물을 줍듯
주워 온 솔방울들이

여러 개 모여 있는 나의 방 안에서

그들의 산 이야길 들으며

산을 생각하는 파아란 기쁨

모두 저마다의 이야길 지녀

생긴 모습도 조금씩 다른 걸까

어느 날은 내게

숲속에서 만난

산꿩 가족의 정다운 모습과

도토리 줍는 다람쥐의

귀여운 몸짓을 이야기해 주고

〔중략〕

책을 읽거나 글을 쓰다가

눈이 아플 때면

정든 친구 만나 보듯

솔방울을 본다

몸이 아파 하루 종일

혼자 누워 있을 때도

솔방울들 때문에

심심하지 않았지

그들의 바다 이야길 들으며

바다를 생각하는

파아란 기쁨

〔후략〕

이렇듯 우리들은 하잘것없어서 지나치고 마는 솔방울인데도 수녀님의 속뜰에 들면 아름다운 친구가 된다. 그렇다면 우리는 그동안 눈뜬장님이 되어 있었다는 것이 아닌가. 열려 있는 귀머거리가 되어 있었으며.

우리의 속뜰을 향해서는 감겨져 있고 멀어 있는 눈 중의 눈, 귀 중의 귀를 열어야 할 것이다. 그리하면 작은 솔방울에서 청산의 위로를 받는 수녀님을 보듯이 검불 한 낱에서 푸른 초원의 대화를 들을 것이며 모래알 한 알에서 저 광활한 바다의 이야기를 듣게 될 것이 아닌가.

우리는 흔히 깨우침이라는 것을 뇌성벽력으로 하늘이 열리고 땅이 갈라지는 천지개벽으로 말하고 있는 것을 보아 왔다. 그러나 그것은 도를 얻은 사람의 내적 변화에 대한 표현일 뿐, 이 세상에는 여전히 밤낮이 교차하고 바람이 흐르고 사계절의 순환이 계속되고 있다.

내게는 이해인 수녀님의 방문에서, 그리고 시 한 편으로 하여 진리를 다시 짚어 보는 계기가 되었다.

그것은 인간을 넘어서 인생을, 꽃을 넘어서 향기를, 고통을 넘어서 법열을, 시공을 넘어서 영원을 보는 것도 사실은 작은 것의 사랑으로부터 시작된다는 평범한 사실이었다.

　인류가 문명의 발달과 함께 점점 맑아져 가는 것이
아니라 개인의 이익 추구와 쾌락 탐닉으로 더욱더 혼탁
해져 간다면, 오늘 우리들과 함께 사는 사람들 가운데
서 신화로 남을 사람이 있다고 나는 믿는다.

　그중에 나는 '부산에 성스러운 의사가 있었다'라고
쓰고 싶은 분이 있는데 장기려 박사님이 바로 그 사람
이다. 사실 장기려 박사님에 관한 미담 몇은 이미 전설
로 남아 있기도 하다.

　부산 어느 병원에 유명한 내과 의사가 한 분 있는데,
이 사람이 숙직을 하는 날이면 돈이 없어 퇴원을 못 하
는 환자들을 뒷문으로 몰래 내보내는 통에 병원 측이
이 사람한테만은 숙직을 안 시키려 한다는 소문이나,
어떤 거지가 상상도 할 수 없는 수표를 내미는 통에 가

게 주인이 경찰에 신고를 했는데 거지가 훔친 것이 아니라 적선을 받은 것이라고 굳이 고집하기에 수표 추적을 해보니 어떤 유명한 의사가 거지한테 월급을 봉투째 건네준 것으로 확인이 되었다는 소문이 바로 그것이다.

나한테도 원로 문인 윤석중 선생님으로부터 들은 일화가 있다. 그것은 막사이사이상 수상자들의 모임에서였다고 한다. 한 사람이 홀몸인 장기려 박사님한테 "결혼 안 하십니까?" 하고 물었다고 한다. 그러자 장 박사님은 그게 무슨 말이냐는 듯 "왜 결혼을 해요?" 하고 되묻더라는 것이다. 그 사람이 "혼자 사시잖아요?" 하자 장 박사님은 "아내가 있어요" 하고 간단히 대답하더라는 것. 그래서 곁에서 "아내가 어디에 있습니까?" 하고 묻자 "북한에 있어요" 하고 대답했다는 것이다. 장 박사님의 너무도 담담한 그 대답에 모두 숙연히 입을 다물었다는 것이다.

부산 고신 병원 맨 위 꼭대기에 있는 10층 숙소로 박사님을 찾아뵈었을 때 박사님은 나한테 사람은 '참사랑'을 해야 하는 것이라며 '참사랑'에 대해 이렇게 정의해 주셨다.

"진리이며, 헤어져 있어도 변하지 않는 것이며, 몸은

죽으나 이는 죽지 않고 영원히 사는 것이다."

이미 아시는 분들은 다 알고 있는 사실이지만 장 박사님은 남쪽에는 자신과 둘째 아들이, 그리고 북쪽에는 아내(김봉숙 여사)와 아들 둘, 딸 둘이 헤어진 채로 까마득히 살아가고 있는 나뉨 가족 그 자체이다.

"참사랑은 시간과 공간도 어찌할 수 없는 거예요. 나는 그것을 젊었던 날에 느꼈어요. 아내는 빨래를 하고 나는 책을 보고 있었지요. 햇볕 따사로운 봄날이었는데 문득 더함도 덜함도 없는 사랑이 느껴지는 것이었어요."

그것이라고 했다. 6·25전쟁이 일어난 1950년 12월 3일 평양의 종로 거리에서 생이별한 후 어느덧 반백 년이 되어 가는 오늘까지 박사님의 사랑은 참사랑이기 때문에 함께 있지 않아도 함께 있는 것으로 느끼며 살고 있다는 것이다.

어느 시인이 꽃은 져도 향기는 남는다고 했던가. 나는 꽃은 보이지 않아도 향기로 그 아름다움을 알 수 있다고 말하겠다.

장 박사님의 향기. 그 눈보라 시절인 1950년대의 부산 영도에 군용 천막 세 개를 치고 시작한, 가난한 이들을 위한 청십자 병원에서 태동한 우리나라 의료 보험의

효시인 청십자 의료 보험을 누가 아름다운 전설이 아니라고 할 것인가.

장 박사님이 이런 삶을 살게 된 연유는 두 가지가 있다고 했다. 하나는 의과 대학(경성의전)에 진학하고자 하며 '하느님, 저를 의과 대학에 다니게 해주신다면 저는 평생 빈자들을 돕는 의사 생활을 하겠습니다'라고 기도한 데 대한 약속 이행이며, 또 하나는 북쪽에 남아 있는 가족들에 대한 남다른 생각에서이다.

월급을 받아도 생활비 한 푼, 학비 한 푼 전할 수 없게 된 상황에서 한탄한다고 막혀 있는 길이 열리는 것도 아니었다. 박사님은 자신의 일터에서 불쌍한 사람들을 위해 열심히 일하고 도와준다면 북에 남아 있는 불쌍한 가족들에게도 누군가가 도움을 줄 것이라는 믿음이 있었다.

그런데 이것이 기적 아닌 실제로 나타났다. 얼마 전 미국에 있는 친척으로부터 북한에 있는 팔순이 넘은 아내의 편지를 전달받은 것이다. 장남은 약학 준박사로(함께 남하한 둘째 아들은 현재 서울대 의대 교수로 재직 중), 셋째 아들은 물리학 준박사, 그리고 큰딸과 작은딸도 잘 성장하여 출가하였다는 소식이었다.

나는 박사님과 함께 푸른 송도의 바닷가를 거닐면서 그 편지를 받고서 어떠하였느냐고 물었다. 그러자 박사님은 "혼자 방에 들어가 이불을 뒤집어쓰고 실컷 울고 나니 속이 좀 뚫리는 것 같았어요" 하면서 소년처럼 수줍은 미소를 지었다. 나는 그때 안 해도 좋을 말을 했다. "박사님의 소식을 들은 사모님은 더 많이 우셨을걸요" 하고.

　그러나 이 두 분의 눈물은 얼마나 행복한 것인가. 참사랑을 믿는 것을 살아생전에 확인할 수 있었으니……

　나는 지금도 두 분의 그 가슴을 생각하면 콧등이 찡하니 울려오곤 한다.

누구한테나 정든 곳이 한두 군데 있을 것이다. 고향 집이거나 모교이거나 아니면 사랑하는 이들끼리 늘 함께 만나곤 했던 그곳이거나.

나한테 누가 "정든 곳이 있느냐?"고 묻는다면 나는 서슴지 않고 '송광사'가 그곳이라고 대답하겠다.

송광사에 처음 간 것은 초등학교 6학년 때였다. 가을께라고 기억하는데 졸업을 앞둔 어린 우리들의 수학여행 기착지였다. 고향에서 멀지 않은 관계로 각자 먹을 쌀 석 되씩과 버스 삯 몇 푼이 여행 비용의 전부였다.

나는 지금도, 버스에서 내려 한참을 걸어 올라가던 조계산 자락의 낙엽이 수북이 쌓인 그 산문로山門路를 잊을 수가 없다. 비가 갠 가을날의 오후였기 때문일까. 그날의 투명한 산천은 이슬 속에 비쳐 든 풍경 같았다.

그때만 해도 절 아래에 숙박업소가 없었다. 밥도 절의 스님들이 지어 주었고 잠도 객사에서 재워 주었었다. 변소가 너무도 높아서 부들부들 떨었던 기억이 생생하다. 우리가 절을 떠날 때 스님들이 우리들의 호주머니 속에 쑤셔 넣어 준 누룽지와 함께.

그 후, 내 나이 스물하고 한 살 적이었다. 초겨울 어느 날, 입영 통지서를 받아 쥔 나는 불현듯 송광사를 찾았었다. 마침 조용히 눈이 내리고 있었는데 누구의 먼저 간 발길이었을까. 대웅전으로 향해 있는 신발 자국이 너무도 선명해 눈이 시렸다.

그리고 또 10년이 훌쩍 지났다. 몸담고 있는 직장 일로 송광사에 들른 그때도 계곡물은 예전 그 소리를 내며 흐르고 있었다. 나의 소년과 청년은 어디로 달아났는가. 문득 고개를 들어 바라본 우화각羽化閣의 난간에는 노스님 한 분이 고요히 앉아 있었다.

미동도 하지 않고 흘러가는 물에 눈을 주고 계시는 스님. 그 노스님은 그 순간에 천년 세월을 물 낙서처럼 지우고 계실지도 모를 일이건만.

작년 여름에 할머니의 묘를 이장했다. 내게 정을 다 들인 분이 뼈만의 모습으로 나타난 것을 지켜보는 일은 역시 허허로움이었다.

이장 일을 마치기가 바쁘게 송광사로 향했다. 무슨 용건이 달리 있는 것도 아니었다. 그냥 송광사의 바람을 마시고 싶었다. 그리하여 조계산의 바람으로 다소나마 가슴을 헹구면 새 빛이 들 것 같았다.

나는 청량각淸凉閣을 지나다 말고 인경 소리를 들었다. 마침 노을도 지고 있었는데 내 앞에 문득 해 질 무렵을 좋아하는 스님의 모습이 떠올랐다.

나는 큰절을 거치지 않고 곧장 샛길로 들어섰다. 새들은 날지 않고 나뭇가지로 옮겨 앉을 뿐이었고, 다람쥐란 놈이 내가 가는 쪽으로 먼저 뛰어가기도 했다.

텃밭에서 상추를 솎고 있던 스님이 빙긋 미소를 띠고 말했다.

"우선 찬물이나 한 바가지 떠 마시구려."

찬물을 받쳐 든 바가지에 별 하나가 돋았다. 나는 천천히 버들잎인 양 별을 불면서 물을 마셨다. 바가지의 물이 없어지자 별도 사라졌는데 나는 간혹 마음이 허할 때면 가슴에 별 하나가 떠오르는 것을 느낀다.

그것은 천금과도 바꿀 수 없는 나의 위안이 된다.

슬픔 없는 마음 없듯

별빛에 의지해 살아갈 수 있다면

흰 구름 보듯 너를 보며

초록 속에 가득히 서 있고 싶다

가을비

　가을비를 보고 있으면 겨드랑 밑에서 꺼내 본 투명한 체온계의 눈금처럼 마음속 온도 또한 서서히 내려가는 것을 느낀다. 이 비 맞아서 푸른 풀잎에 신열이 나겠구나, 양껏 푸르러 있던 콩잎도 한 켜쯤 바래지겠구나 하는 쓸쓸한 안부를 짐작게 하는.
　어떤 이의 가슴속에서는 이미 재가 되어 버린 사연이 다시 부활할 것처럼 꿈틀거리는지도 모른다.
　박용래 시인은 이 가을비를 이렇게 읊기도 하였다.

앞산에 가을비
뒷산에 가을비
낯이 선 마을에 가을 빗소리
이렇다 할 일 없고

기인 밤

모과차 마시면

가을 빗소리

나는 언젠가 수채화 한 폭 앞에서 오래 머문 적이
있다.

그것은 비 오는 날의 어느 한적한 길갓집 처마 밑에
예닐곱 살쯤 되어 보이는 여자아이가 벽에 기대어 서서
낙숫물이 떨어지고 있는 정경을 하염없는 표정으로 보
고 있었다.

어른들은 아이들을 가리켜 발랄하다고만 말하나 아
이도 빗속에 갇히면 저렇게 외로운 사색에 젖어 드는구
나 하는 것을 느꼈다.

그런데 그 그림을 보고 돌아서는데 문득 내가 비에
갇혔었던 순간들이 밟히는 것이었다.

지금은 우산이 흔하나 예전에는 그렇지 못했다. 가장
낭패스러운 때가 하교 시에 비 올 적이었다.

어떤 날은 책보를 저고리 속에 동여매고 달려서 집으
로 돌아오기도 했고 또 어떤 날은 잎 넓은 오동 잎이나
토란 잎을 따서 우산인 양 머리 위에 받치고 다니기도

했었다.

지난해 가을 어느 날이었다. 시골길을 가다가 비를 만났다. 인가가 보이지 않는 외진 길에서 그것도 양복 입은 채로 비를 맞는다는 것은 여간 처량하지 않다. 마침 저만큼 비각이 있기에 뛰어 들어갔다.

그런데 그곳에는 먼저 온 손님이 있었다. 여자 아이 둘이었는데 말을 시켜 보니 초등학교 3학년과 1학년인 자매였다. 두 아이는 면 소재지에 있는 약국에서 아버지 감기약을 지어 오는 길이라고 했다.

동생 되는 아이가 처마 밖으로 손을 내밀어 비를 받아서 팔뚝에 쓱쓱 문질러 보더니 말했다.

"언니, 붉은색이 안 나오잖아?"

다음에는 손에 비를 받아 손가락으로 찍어 맛을 보더니, "언니, 달지도 않은데?" 하고서 원망스러운 눈빛으로 쳐다보고 있었다.

의아하게 생각하고 있는 나를 의식했는지 언니 되는 아이가 입을 열었다.

"가을비 속에는 단풍 물도 들어 있고 단물도 들어 있다고 말했거든요. 우리 선생님이 그러셨어요."

내가 그 애 대신 설명해 주었다.

"가을비는 각자한테 다르단다. 단풍잎에 들면 붉어지고 감한테 들면 달아지고 벼한테 들면 뜨물이 되지. 그리고 너희한테 들면 맑아지고 말이야. 저 언니 보아라. 비 맞아서 더 하얗고 더 예쁘지 않니?"

고개를 끄덕이던 그날의 앙증스러운 꼬마의 얼굴이 떠오른다. 그러나 지금은 산성비라는 것 때문에 그렇게 말하기도 어려운 때가 되고 말았다.

물을 생각한다

숲이 여름의 겉옷이라면 물은 여름의 속살이다. 무성한 푸른 숲속에서 새하얗게 흘러가는 계곡물을 떠올려 보라.

물은 또 우리에게 자신의 흐름으로 생명의 본질을 잘 설파하고 있다. '유동적이며, 어떤 상태가 아닌 지속적인 변화이고, 양이 아닌 질이며, 물질과 운동의 단순한 재분배가 아닌 부단한 창조'라는 철학자 앙리 베르그송의 생명의 정의에 물 말고 대입할 것이 어디 있는가.

몇 해 전 여름, 나는 수덕사 가는 길목에 있는 가루실로 우리 시대의 한 야인을 만나러 갔었다. 그분은 뒷산 개울가로 나를 데리고 가서 물을 가리키면서 말씀하셨다.

"내 스승은 저기 저 물이오. 물은 갇히면 썩는다오.

알겠소? 그러나 살아서는 바다로 향하는 자기의 길을 결코 변경하지 않소. 평생 쉬지 않을뿐더러 앞을 다투지도 않고 순서를 지키면서 흘러가오. 빈 곳을 채우지 않고 앞으로 나아가지 않을 뿐 아니라 앞에 장애가 나타나면 자기 수위를 높여서 장애를 돌파하지 절대 부정한 수단을 쓰지 않는 것이 또한 저 물이오."

물이 낭떠러지를 때리듯 그분의 말씀이 나를 때렸다. 나는 아카시아 잎을 따서 물 위에 뿌렸다.

그분은 한동안 침묵했다. 물소리가 저 혼자 돌돌돌돌 거렸다. 마치 그분의 가슴속에 숨어 있는 언어를 낭독하는 것처럼.

나는 그분을 따라, 산개울을 따라 한참을 걸었다. 물속에 비쳐드는 하늘이 점점 넓어졌다. 아랫골이 가까워지는 산굽이에서였다. 그분이 손을 들었다.

"저기 저 물 위에 떠오는 나뭇잎을 보시오. 가까이 오는구려…… 우리 앞을 지나는구려…… 멀어져 가는구려…… 이제는 보이지 않는구려. 우리의 인생도 마찬가지요. 찰나에 불과해요. 부끄럼 없이 열심히 살아야 해요."

이젠 그분도 보이지 않게 되었다는 부음을 들었다.

생전에 불의와 절대 타협하지 않던 분. 겨울에는 한복 두루마기, 봄·여름·가을에는 국민복을 입었으며 집에서는 몸소 밭 갈고 거름 내던 검소하고 질박한 분. 봉직하고 있던 학교에서 정년퇴직한 후에는 사재를 털어서 농민 학원을 경영하기도 한 분.

그분과 함께한 가루실의 여름밤 하늘은 푸른 별들로 가득했다. 뒤꼍으로는 물 흘러가는 소리가 들렸으며 간혹 뜸부기 울음소리도 들려왔다. 그 밤에 팔순 노(老)선생이 장지문 쪽에다 화선지를 펴고 물소리를 주워 담듯이 찰랑찰랑 써 준 붓글씨가 내게 있다.

滿招損謙受益時及天道
차면 손해를 부르고 겸손하면 이익이 된다. 이것이 하늘의 이치다.

금년 여름에도 나는 한적한 물가로 가겠다. 흘러가는 물에 발을 담그고 앉아서 물새 소리를 듣겠다. 저녁놀을 보겠으며 말하지 못하는 고기들의 언어를 묵상해 보겠다.

떠나가는 저들이 이 기슭을 출렁이게 하는 것을, 그

리고 손바닥으로 떠 보는 물이 이제나저제나 같은 물이

나 순간마다 새로운 것이라는 것을.

그 비밀의 괘를 가만히 비집고 들여다보고 싶다.

꽃과 침묵

아카시아 꽃향기가 길을 가는 이들에게 문득문득 다가오는 넉넉한 이 6월은 꽃보다도 찬란한 신록의 달이라고 말한 시인이 있지만, 그러나 어디 꽃에 당할 찬란함이 있을까.

헨리 데이비드 소로는 이런 어록을 남겼다. '꽃의 매력 가운데 하나는 그에게 있는 아름다운 침묵'이라고.

정말이지, 꽃은 저처럼 찬란해도 빙그레 미소만 짓고 있을 뿐 침묵하고 있는데 우리 사람들은 꽃 화장에는 한참이나 먼 치장 하나 가지고, 액세서리 하나 가지고 얼마나 떠들고 있는지 한번 생각해 볼 일이다.

우리는 꽃을 꽃나무 자체에 국한시키고 있다. 장미 꽃나무며, 모란 꽃나무며, 수국 꽃나무며.

그러나 한번 생각해 보라. 꽃이 없는 과일나무가 어

디 있는가. 복숭아꽃이 피는 나무에서는 복숭아가 열리고 능금꽃이 피는 나무에서는 능금이 열리고 배꽃이 피는 나무에서는 배가 열리지 않는가.

꽃 그 자체만으로도 좋지만, 꽃만 피우고 마는 나무보다는 꽃이 지고 나서 과일이 열리는 나무에 더 큰 복이 있음을 우리는 볼 수 있다.

한 개의 풋고추가 있기 위해서도 한 떨기의 고추꽃이 핀다. 한 개의 가지가 있기 위해서는 보랏빛으로 피어나는 한 떨기 가지 꽃이 핀다. 한 알의 완두콩이 있기 위해서도 파란 물빛의 완두콩 꽃이 핀다.

지금쯤 참외밭에는 노오란 참외꽃이 소박하게 피어 있을 것이다. 이어서 호박꽃등도 터지고 박꽃도 하얀 입술을 수줍게 열 것이다. 그런데 가만히 보면 꽃은 절대 다른 꽃을 부러워하지 않는다는 사실을 알게 된다.

제비꽃은 제비꽃으로 만족하되 민들레꽃을 부러워하지도, 닮으려고 하지도 않는다. 어디 손톱만 한 냉이꽃이 함박꽃이 크다고 하여 기죽어서 피지 않는 일이 있는가.

싸리꽃은 싸리꽃대로 모여서 피어 아름답고 산유화는 산유화대로 저만큼 떨어져 피어 있어 아름답다.

사람이 각기 품성대로 자기 능력을 피우며 사는 것, 이것도 한 송이의 꽃이라고 나는 생각한다. 자기다운 꽃을 지닐 때 비로소 그 향기가, 그 열매가 남을 것이 아닌가.

나는 간혹 산풀 마르는 냄새가 그리울 때가 있다. 도회지 사람들은 모르겠지만 산촌 출신 사람들은 안다. 억새며 청미래며 산쑥이며 엉겅퀴며 땅찔레……. 그런 것들이 함께 베어져서 널려 있는 산촌 집 마당. 여름 뙤약볕 아래서 마르던 그 산풀 냄새의 향긋함을. 나한테 어느 향기 못지않은 이 향기의 아련함을 알게 해주신 분은 김원철金源喆(전 정읍농고 교장) 선생님이시다. 나는 중학교와 고등학교를 지금은 굴지의 제철소가 들어서 널리 알려진 광양에서 다녔는데, 이 선생님을 중학교 3학년 때 만났다. 실업 담당 교사로, 우리 반 담임선생님이 무슨 교육 때문인지, 건강 때문인지 한 3개월 비웠을 때 대신 우리 반 담임을 맡아 주시면서 가까이 알게 됐다.

걸음이 유난히도 빠르시고 목소리가 걸걸하신 만큼
이나 막걸리를 좋아하셨고 원예에 특별한 관심을 가졌
던 것으로 기억한다.

무슨 심부름을 하게 되어서인지 나는 여름 어느 날에
선생님이 세 들어 살고 있는 산 아래 초가집을 찾아가
게 되었다.

열려 있는 대문 안으로 들어서자 마당 가득히 널린
산풀이 마르면서 향긋한 냄새를 내고 있었다. 선생님은
그 전주 일요일에 산에 가서 한 지게 해왔다고 했다. 나
무를 베면 안 되니 풀을 베어다 말려 땔감으로 쓰고 있
다는 말이었다.

그 시절 시골 땔감은 연탄 이전이었으니 그럴 법도
한 일이었지만 이 사실이 아주 강하게 나한테 기억나는
것을 보면 선생님이 그만큼 청렴했던 게 아닌가 싶다.

그해 늦가을이 시작되었을 때 선생님은 나한테 학비
감면의 혜택을 주고자 학교의 온실을 맡겼다.

그런데 나는 온실의 선인장이며 분재며 각종 꽃나무
를 돌보는 일보다 소설이며 시에 빠져서 그곳을 독서실
로 사용하고 있었다.

마침내 어느 날 온실로 들이닥친 선생님은 불같이 노

했다. "네 이놈, 이 아우성이 들리지도 않느냐?"며 호통을 치셨다. 내가 "무슨 아우성이 들려요?" 하고 어리둥절해하자 "이놈이! 이것들이 목이 말라서 이렇게 처절히 아우성을 치고 있는데 알아듣지 못해?" 하시면서 철썩 뺨을 올려붙이는 게 아닌가.

그땐 심히 억울(?)하다고 생각했었는데 세월이 흐르면서 소리 없는 소리를 더 잘 알아들어야 하는 작가의 길을 걷게 될 줄이야.

후일 내가 어떤 자리에서 우연히 만나 이런 지난 일을 말씀드렸더니 선생님은 이렇게 더해 주셨다.

"세상에서 자기가 하는 일을 이루려면 무생물이거나 생물이거나 상대와 대화가 통할 수 있어야 한다고 생각하네. 자네는 더욱이 동화를 쓴다고 하니 하잘것없는 돌멩이 하나, 검불 하나의 소리 없는 소리도 알아들어야 할 걸세."

낙엽을 보며

창밖을 바라보시지요. 거기 어디쯤 서 있는 나무에서 마악 떨어지고 있는 나뭇잎이 있을 것입니다.

단풍이란 사실 말라 가는 얼굴빛이지 않은가요? 결핵을 앓는 여인의 뺨에 저녁 무렵이면 떠오르는 말간 노을 기운과도 같은.

그 마른 잎이 지금 나무를 떠나고 있습니다. 더 머물게 해달라는 애원도 없이 초연히 떨어져 땅에 눕고 있습니다.

봄날에는 그처럼 싱싱하게 움트던 것들이 아니었습니까. 오뉴월에는 꽃보다도 찬란하다고 한 신록이 아니었습니까.

그동안 저들은 나무를 위하여 한시도 쉬지 않고 바람과 햇빛과 비의 영양분을 거두어들였습니다.

벌레들에게 제 몸을 뜯기기도 하였습니다만, 그러나 남은 초록만으로 지금까지 포기하지 않은 삶입니다.

생의 희열을 푸르게 푸르게 희구하였으며 아무리 작은 바람에도 춤을 추며 살아온 나날이었습니다.

나무의, 눈으로 빛을 좇았습니다. 귀로 바람을 좇았습니다. 입으로 비를 좇았습니다.

어떠한 감수성도 저 나뭇잎만큼은 따를 수 없었을 것입니다. 바람의 파장마다 음표처럼 나부꼈고 달마다의 움직임이 꼭 그만큼씩 이행되었습니다.

어떠한 가뭄에도 나무를 지키며 어떠한 큰물에도 나무를 지키고자 혼자 처연히 버티었던 저들.

한여름에는 바람을 되받아 선들바람을 키웠으며 그늘을 드리워 땀에 젖은 길손들을 쉬어 가게 하였지 않습니까.

그러나 이제 지는 마당에서 한 점 자신의 공을 드러내려 하지 않습니다.

자신의 한때를 뒤돌아보며 안타까워하는 사람은 저 나뭇잎을 보십시오. 저들에게도 꽃보다도 찬란하다고 칭송받던 시절이 있었으나 지금은 저렇듯 무료합니다.

자신이 희생되었다고 원통해하는 사람은 저 나뭇잎

을 보십시오. 나무를 위하여 한시도 쉬지 않았던 저들은 '베풂' 자체를 돌아보지 않습니다.

움직이지 않는 상대를 향해 미운 얼굴을 보이는 사람은 저 나뭇잎을 보십시오. 떠나면서 오히려 단풍으로 치장을 하는 저들이 아닙니까.

이제 저들이 집니다.

그러나 저들은 지는 것으로 생을 마무리하지 않습니다. 마른 몸이나마 흙으로 묻혀 들어 한 줌 거름으로 나무 밑에 마저 가길 원합니다.

하지만 당신은 나뭇잎보다도 몇백 배, 몇천 배 무겁고도 큰 존재가 아닙니까.

부끄러워할 줄도 알아야겠습니다.

새벽 편지

정신이 맑은 날은 새벽에 잠이 깨곤 합니다. 집을 떠나서는 아예 꼭두새벽에 잠자리에서 일어나는 것이 습관이 되었습니다. 지난 초가을 경주에 갔을 적에는 새벽닭 울음소리에 잠이 깨었는데 천 년 전의 서라벌에서도 저 새벽닭 울음소리에 잠이 깬 사람도 있었으려니 생각하니 천 년도 하룻밤 사이인 것 같았습니다

새벽의 신선함은 막 딴 오이 향에 비길 수 있지요. 지금 이 새벽에도 내일을 향해 강가를 달리는 소년이 있을 것이며 펄떡펄떡 뛰는 생선을 머리에 이고 시장으로 바쁘게 걸음을 옮기는 아낙네도 있을 테지요. 하지만 어찌할 수 없는 사정에 이별의 눈물을 이 새벽에 쏟고 있는 사람도 있을 것입니다. 군에서 보초를 섰을 때 새벽 달빛을 보고 폐병 앓는 소녀의 미소 같다고 생각한

적도 있지요.

그 시절, 새가 제 가슴에 얼굴을 묻고 있는 것을 새벽 단잠에 빠져 있다고 보았는데 요즈음은 제 심장의 소리를 듣고 있다고 생각되어서 나도 내 가슴속 소리를 들어 봐야지 하고 새벽이면 내 가슴을 내가 꼭 껴안는 일이 종종 있습니다. 얼마 전 선암사에서였지요. 도량석을 도는 스님의 목탁 소리에 잠이 깨어 가슴을 꼭 껴안고 있는데 솔바람 소리가 나는 것이었습니다. 아, 그 순간에 나는 먼지 하나도 얹힐 틈이 없는 공空이라는 것을 처음 느꼈습니다.

물론 자욱한 안개가 포근히 안아 주는 봄날의 새벽도 사랑합니다. 풀섶에 내린 이슬로 바짓가랑이가 흥건히 젖는 여름 새벽도 사랑하고, 베고 남은 벼 포기마다 서리가 새하얗게 내려 있는 가을 새벽도 사랑합니다.

그러나 겨울 새벽 창을 열었을 때 밤사이에 소리도 없이 내려와 세상을 하얗게 덮고 있는 눈은 그 어떤 것보다도 횡재한 것 같지 않던가요?

나는 새벽 눈물은 사기꾼이 흘리는 것이라도 진실이라고 믿고 싶습니다.

채송화를 보며

무슨 꽃을 좋아하느냐고 물으셨지요?

꽃향기까지 치자면 찔레꽃이라고 대답하겠습니다만 꽃 한 가지만을 대라면 채송화라고 말씀드릴 수 있습니다.

하도 키가 작아서 꽃꽂이에는 끼일 수 없지만 꽃 빛깔 하나만큼은 어느 꽃보다도 찬란하다고 생각합니다. 특히 진자주 그 색깔의 찬란함이란……

내가 이 채송화에 반한 이유 중 하나는 생명의 강인함입니다. 여름 가뭄에 이만큼 잘 견디는 풀이 있을까 싶습니다. 방학이 되어 텅 비어 버린 학교에서, 그것도 자갈길 귀퉁이에서도 기죽지 않고 또록또록 피어 있는 꽃, 누구 하나 보아주지 않아도 얼른 눈 감지 않는 꽃.

그런데 이 채송화에 대한 애잔함이 가슴을 저미던 날이 있었습니다.

몇 해 전, 송광사에 황선 스님이 계시던 때였지요. 스님의 처소가 있던 도설당에 들렀었는데 마침 스님이 출타하고 계시지 않아서 나는 마당에 우두커니 서 있었습니다.

7월의 뙤약볕이 가득가득 내리고 있는 마당에는 채송화꽃이 일렬로 늘어서서 반짝이고 있었지요. 그런데 자세히 살펴보니 그 채송화꽃이 등을 기대고 있는 자갈들의 선이 묘했지요. 약간 타원형의, 미술 용어로 말한다면 '설치 미술' 작품 같은 것이었습니다.

무슨 의미가 숨어 있는 것일까, 하고 곰곰이 생각하고 있는데 들꽃 사진을 찾아오는 길이라며 스님이 들어오셨습니다. 마루에 걸터앉은 스님이 "채송화 꽃띠가 어때요?" 하고 물었지요.

나는 솔직히 "이런 신비한 꽃띠는 처음 보네요" 하고 대답했습니다.

스님의 그 맑은 눈동자가 미동도 하지 않는 것을 나는 지켜보고 있었습니다. 어머니의 그윽한 품속 같은 조계산 자락에서 뻐꾸기의 '뻐어꾹' 소리가 두어 오름

들려왔다고 기억합니다.

스님이 혼잣말처럼 말씀하셨습니다.

"태아를 생각해 본 꽃띠예요."

그렇게 듣고 보니 정말 태아 모양이었습니다. 탯줄 같은 자갈 그리고 자갈 틈틈이 박혀 있는 채송화들.

그 순간에 나는 눈물이 비어져 나오는 것을 꼭 참고 있었습니다. 황선 스님께서는 어떤 마음에서 그렇게 태아 설치를 하셨는지 모르지만 나는 낙태를 생각하였던 것입니다. 엄마방(태)에서 태어나지 못하고 그냥 숨겨 버린 생명들. 그들에게는 엄마 방이 영안실이 된 것이지요.

이후부터 나는 채송화를 볼 때면 이 세상에 태어나지 못하고 그냥 하늘로 돌아가 버린 아이들의 혼꽃이지 않을까 하고 생각해 봅니다.

그러기에 꽃 빛깔이 저토록 찬란한 것이겠지요.

아아, 오늘은 채송화를 보고 손뼉을 치며 좀 얼러 보고 싶네요. 까르르르 까르르르 웃음소리를 낼 때까지.

풀꽃

　꽃 시장에 한번 갔다가 현기증을 느끼고 돌아온 적이
있다. 지나치다 싶게 화려한, 그것도 국적을 알 수 없는
꽃들이 무더기로 모여 있는 그곳에선 향기조차도 진해
서 멀미 같은 것을 느끼게 하는 것이었다.
　그것은 화사한 색깔의 난무에 내가 압도당한 것인지,
아니면 그 꽃들의 현란한 몸짓에 오히려 내가 소외 의
식을 느꼈을지도 모를 일이다.
　강풍보다는 소슬바람, 한낮보다는 해 질 무렵, 그리
고 소나기보다는 가랑비를 좋아하는 나로서는 꽃 중에
서도 풀꽃을 사랑한다. 정말이지 풀꽃이라면 나는 오랫
동안 부담 느끼지 않고 그 작은 얼굴에 시선을 고정해
둘 수가 있다.
　거의, 그냥 지나쳐 버리고 마는 시골 둑길이나 오솔

길의 길섶에 아무렇게나 흐드러져 피어 있는 아주 작은 꽃들. 글라디올러스나 장미나 튤립 같은 꽃에는 물론 무엇 한 가지 견주어 낼 재간이 없다. 그렇기 때문에 결혼식과 졸업식장 등 잔치 터 같은 장소에는 모두 이런 화사하고 큰 꽃들이 우대받는다.

그러나 이 꽃들은 쉽게 끌어당기는 힘이 있는 만큼 빨리 시들어 버리지 않는가. 내가 시들어 버린다고 하는 얘기는 꽃의 수명을 뜻한 것이 아니라 그만 싫증이 쉬 나버린다는 얘기다.

하지만 풀꽃은 다르다. 양육당해 철 모르고 피어나서 시장에 나와 앉아 있는 꽃들하고는 달리 고작 어린아이들 손가락에 꽃반지로나 오르면 최고 출세했다고 보아도 무방할 것이다. 그렇지 않으면 들을 건너온 바람에 잠시 몸을 맡기거나 아침 햇살에 이슬 머금은 얼굴로 하늘이나 우러르는 맑은 기쁨이 있을 뿐.

재수가 없으면 소 발굽에 밟히고 염소의 장난질에 훼손당하기도 하나 그 고통을 묵묵히 전쟁 난민들처럼 감수하는 저 인내.

누구나 관심을 가지고 풀꽃을 들여다보게 된다면 참으로 많은 깨우침을 얻을 것이다. 큰 나무 아래에서, 그리고 다른 잡풀에 치이면서도 절대 비굴하지 않으며 절대 제 얼굴을 잃지 않고 있지 않은가. 그리고 저녁 햇살 한 톨만으로도, 새벽 달빛 한 톨만으로도 충분히 제 얼굴을 밝히는 꽃.

소박하고도 단출하며 바라볼수록 작은 물줄기마냥 그치지 않고 흘러나오는 아름다움을 가진 꽃이 저 풀꽃이다.

어리고도 부드러우며 지심의 지순한 언어만으로 아침을 깨우는 가장 친밀하고 가장 은근한 저들 풀꽃. 그들은 언제나 양지고 그늘이고 가리지 않고 도처에 피어나는 사실 하나만으로도 찬미를 받을 수 있는 꽃이다.

풀꽃은 절대로, 큰 소리로 떠들지 않는다. 들릴락 말락 하게 속삭일 뿐이다. 그것도 마음이 가난한 이들이나 알아들을 정도로. 풀밭에 누워 빈 마음으로 그 작은 얼굴을 바라보면 들려올 것이다. 마음의 어룽을 지워 주고 한없이 날아가고픈 동심을 심어 주는 풀꽃의 귀띔이.

나는 풀꽃을 바라보고 있으면 그 몸태가 혹 죽은 아이들이 하늘에서 날다 말고 이렇게 잠시 지상에서 쉬고 있는 것이 아닐까, 생각하곤 한다. 이름도 지어 주기 전에 이 세상을 떠난 아이들. 그렇기 때문에 그들은 누가 저들한테 이름이라도 달아 줄까 봐 논둑에도, 밭고랑에도 숨어 있는 것이 아닐까.

현대인들은 두드러지게 겉에 나타나는 것만을 보려고 한다. 무슨 일이고 떠들어야만 귀를 기울인다. 풀꽃처럼 아름다움을, 진실함을 작은 꽃잎에 받들어서 은근히 내보이고 있으면 전혀 알아차리지를 못한다.

풀꽃이 무어라 하는가를 우리는 알아볼 일이다. 그 속되지 아니하고 거짓됨이 없이 주어진 계절을 온전히 온몸으로 살아가는 모습을 돌아봐야 할 것이다.

열일곱 살 소녀가
막 세수하고 나온 얼굴 같은 땅

순천에 가신다고요?

순천에 대해 아는 게 별로 없다고요?

순천 사람들 인물 좋다는 것은 익히 들어서 알고 있
다고요?

음식 맛이 빼어나다는 것 또한 소문에 들었다고요?

그만하면 됐습니다. 저는 먼저 순천 땅의 흙에 대해
서 말씀드리려고 합니다. 어딘들 흙으로 된 땅이 아닌
곳이 있겠습니까만 순천의 흙은 흙 중에서도 어머니의
흙입니다. 흑토와 황토가 모두 찰져서 안 되는 농작물
이 없습니다. 과실 맛 또한 기가 막히게 맛있는 것은 젖
이 넘치는 어머니 흙 덕분이라고 저는 생각합니다. 바
다가 아스라이 여인의 인조 비단 치맛자락처럼 펼쳐져
있는 순천만에 가보세요. 갈대가 훌쩍 키를 넘고 있으

니까요. 그리고 뻘 밭에는 조개 반 뻘 반입니다.

우리나라의 고찰 중 수려하기로 말하자면 송광사와 선암사를 따를 절이 어디 있겠습니까? 법정 스님은 이 두 절을 안고 있는 조계산을 가리켜 어머니 산이라고 부른 것을 기억합니다. 특별히 산봉우리가 높다거나 깎아지른 절벽이 있다거나 한 것이 아닌 둥근 산. 그러나 품이 깊은 청산이어서 어머니 산이라 이른 것이겠지요. 어쩌면 송광사와 선암사는 조계산의 양쪽 젖가슴 터에 자리를 잡고 있는 절일는지도 모릅니다. 그러기에 이 도량에서 대덕자비한 국사 스님들이 많이 탄생한 것이라 믿습니다.

민속촌인 낙안 읍성만 해도 그렇습니다. 겨울부터 초여름까지는 보리를 키우고, 이어서 보리를 베어 내자마자 쉴 틈도 없이 벼며 고구마며 콩을 키우는 들녘 너머로 후덕한 여인이 배시시 웃고 있는 듯한 낙안 마을. 저는 이 들녘 길을 차를 타고 달릴 때면 꼭꼭 차창 밖으로 손을 내밀어서 바람을 쥐어 오곤 합니다. 어머니의 젖가슴을 만지는 것 같은 느낌이 전해져 오니까요. 물론 어느 들녘에선들 바람이 흐르고 있지 않겠습니까만 제가 낙안 마을로 가는 길에서 이런 느낌을 가지는 것은

외가 마을로 드는 듯한 기분이 들기 때문입니다. 그것
도 외할아버지도, 외할머니도, 외숙모도 돌아가시고 외
삼촌 혼자서 쓸쓸히 살고 있는 초가집. 지금쯤은 싸릿
대 울타리가에 해바라기가 피어 있겠지요.

　꽃이 나오니 생각납니다. 우리 순천 흙처럼 꽃을 많
이, 그것도 아름답게 내놓는 흙은 드물 것이라고 저는
생각합니다. 봄부터 겨울까지 사시사철 꽃 없는 뜨락
이 없으니까요. 눈 속에서 피어나는 매화로부터 시작해
서 살구꽃, 벚꽃, 복숭아꽃, 유자꽃, 치자꽃……. 아무튼
꽃 가진 나무란 나무, 꽃 가진 풀이란 풀은 모두 다투어
서 피어나는 땅이니까요. 심지어 한겨울에 고가의 안방
에서 차를 마시다 우연히 창호를 보니 발그레한 기운이
어려 있는 것이었어요. 저는 생각나는 것이 있어서 문
을 열고 내다보았지요. 그렇습니다. 우리 순천에는 엄
동설한에도 꽃등을 내밀어 보여 주는 동백 또한 정정합
니다.

　이러한 땅, 어머니의 흙이 저토록 풍성한 우리 순천
이니 여기서 태어난 인물 또한 어찌 수려하지 않겠습니
까. 그러기에 순천에 가서 인물 자랑하지 말라는 말이
옛부터 있어 온 것이겠지요.

언젠가 모차르트의 고향 잘츠부르크를 다녀온 베네
딕도 수도원의 수사 신부님이 들려주었습니다.

"모차르트 음악의 세포는 그의 고향이더군요. 청명한
하늘과 유유히 그려 있는 흰 구름과 어머니의 젖가슴
같은 산과 시냇물, 아침저녁으로 조용히 밀려들던 안개
하며 먼 들녘의 아지랑이…… . 어느 것 하나 아름다운
음표 아닌 것이 없더군요."

저는 귀가 번쩍 띄어서 대꾸했지요.

"우리 고향도 그런 곳인데요. 하늘과 땅과 바다, 이
모두가 열일곱 살 소녀가 막 세수하고 나온 얼굴 같지요.
그리고 안개보다 옅게 끼어드는 이내라는 것이 있습니
다. 봄이면 안개비라고 해서 눈에 보이지 않는 비도 옵
니다. 우리 고향에는 이런 미세한 것 말고도 호랑이 장
가가는 비도 있습니다. 맑은 햇빛 속에 맑은 비 오는 것
을 가리키는 말입니다. 그리고 하얀 달빛 속에 하얀 눈
송이가 내리는 겨울밤도 우리 고향에는 있는걸요."

신부님이 감동에 찬 목소리로 물었습니다.

"그곳이 어디입니까?"

저는 자신 있게 대답했습니다.

"순천입니다."

물론 그동안 어디고 변하지 않은 곳이 있겠습니까만 순천 시가지는 어느 도회지 못지않게 번화해졌습니다. 그러나 순천 역전과 장터는 예전 얼굴을 하고 있습니다. 이제는 주암호가 볼거리가 되었으며 상사호를 따르는 신작로가 특히 비 오는 날이면 남녘 특유의 우수 어린 풍광을 보여 줍니다.

우리 고향 순천 길이 그대의 발길에 위안을 주리라 믿습니다. 그리고 어머니의 품속 같은 지순한 인정이 풀 한 잎에서도 느껴지리라고 생각합니다.

부디 가시는 걸음걸음마다 아름다운 풍광 두르소서.

가을날의 수채화

◦ 구름

10월 하늘을 고개 들어 쳐다보면 가히 구름들의 운동 경기장이라고 할 수 있다. 큰 구름, 작은 구름들이 서서히 나타나기도 하고 사라지기도 한다. 나뉘기도 하고 합해지기도 하며.

바닷가에서 바라보면 저 먼 수평선 위의 뭉게구름이 도시의 빌딩처럼 층층이 나타났다가는 흔적 없이 사라지기도 한다. 마치 죽음 속으로 사라져 버린 거인처럼.

언젠가 시골길을 가다가 보았었다. 소녀가 방죽에서 소를 먹이고 있었는데 하늘에 떠가는 흰 구름을 향해 손을 흔들고 있는 것이었다.

어깨라도 툭 쳐주고 싶었는데 놀란 꼬막처럼 마음을

닫아 버릴까 봐 그냥 고개를 숙이고 지나쳐 왔다.

비행기를 처음 탔을 때의 기억은 구름밖에 없다. 손에 잡힐 듯한 구름이 창밖에 하도 폭신거려 보여서 훌쩍 구름 위로 뛰어내리고 싶었다.

구름은 그 모습 그대로 고정되는 일체의 형식을 거부한다. 산처럼 높다가 깃털처럼 흩어져 버리기도 하는…….

그리고 구름은 결코 그 죽음을 내보이지 않는다. 비나 눈으로 이 지상에 찾아들어 생수가 되었다가 다시 천상으로 올라가는 행로가 아닌가.

구름은 진실로 하늘과 지상을 연결하는 가교인 것이다.

∘ 마음

마음이 문제라는 말을 자주 듣는다. '내 마음 나도 몰라'라는 노래 가사도 들었다.

그런데 요즈음 내가 한 가지 염려하고 있는 것은 마음의 '웃자람'이다. 마음도 몸처럼 차근차근 자라 주었으면 하는데 그렇지 못하는 것 같다. 아니, 현대인들의 불행은 경제 인플레와 같은 마음의 인플레 현상에 있는 것이 아닌가 하고 생각해 보게도 된다.

어린 시절 우리는 조개껍데기 하나에도 큰 기쁨을 누렸고, 단풍잎 하나에도 희열에 차는 마음이었다. 풀벌레 울음소리 한 낱에도 메아리 걸 지는 마음의 소유자였는데 지금의 우리 마음은 어떤가?

값이 나간다는 금붙이에나 쏠려 있고 쾌락거리에나 기웃거려 보려고 하지 않는가.

도시만 공해로 그을려 있는 게 아니다. 우리의 마음도 각종 연기에 그을려 있다.

◦ 향기

거리를 걷다가 과일 가게 앞에서 발을 멈추었다. 노오란 유자가 햇볕 속에서 멱을 감고 있는 듯이 보였다.

알고 있겠지만 유자는 먹는 과일이 아니라 향기를 주는 열매이다. 가격을 물으니 의외로 값이 비싸다. 한 개를 사서 호주머니에 넣고 걸었다. 간혹 손을 넣어 만지다가 손을 빼내어 코에 대보면 유자 향기가 그렇게 향기로울 수가 없다.

전철을 탔더니 옆에 선 학생들이 '너 무엇을 발랐니?' 하면서 서로 고개를 갸우뚱거리며 코를 킁킁거리는 것이 몰래 재미가 있었다.

내려야 할 역에 전철이 닿는 순간 나는 얼른 유자를 꺼내어 곁에 선 학생한테 건네주었다.

"가져, 향기가 참 좋아."

이렇게 말하고 내리니 학생들이 '와' 하고 환호성을 터뜨렸다.

적은 돈으로 큰 기쁨을 얻은 날이었다.

◦ 거울

먼 옛날에 돌거울이 있었다고 한다. 돌을 갈고 갈아 돌칼이 아닌, 돌도끼가 아닌 돌거울을 만든 사람은 누구였을까 생각해 본다.

아니, 돌거울에 자기 얼굴을 어슴푸레 비춰 보고 환희와 비애를 느낀 사람은 누구였을까 생각해 본다.

현대인늘의 불행은 너무도 또렷한 거울을 가지게 되면서부터 심화된 것이 아닐까 하고 생각해 본다.

김후란 시인의 〈돌거울에〉라는 시를 돌아본다.

울고 싶은 날은 울게 하라
비어 있는 가슴에
눈이 내리네

차운 돌거울에
이마를 얹고
바람에 떠는 너울 자락
첫 설움 옷깃에 적시듯
흰 눈이 눈썹에 지네

비어 있는 가슴에
썰물로 밀려든 그대
어둠 속에 그대 있음에
그대 목소리 있음에
그 가슴에 울게 하라
그 가슴에 울게 하라

◦ 메밀꽃

그 바닷가에를 갔다.

낙엽 지는 호젓한 산길을 올라가자 푸른 파도가 저쪽
의 벼랑을 오르내리고 있었다.

우리는 드문드문 피어 있는 들국화와 눈인사를 나누
었다. 그들은 다가간 우리들에게 향기를 주었으나 우리
는 무엇 하나도 줄 것이 없다는 데 미안함을 느꼈다.

인적 없는 가을 바닷가는 무심날(장이 서지 않는 날)의
장터 같았다. 바람에 날려서 듣는 듯한 햇볕. 모래톱에
밀려와 있는, 푸름이 오히려 더 외로워 보이는 해초 이
파리. 뻘 밭에 박혀 있는 소주병 목.

우리는 바닷가 언덕에서 한참을 우두커니 앉아 있었
다. 바다 어디쯤으로 날아갔다가 돌아오는 고추잠자리
가 마냥 고달파 보이는 것도 우리 마음 탓이리라.

일어나서 걷는데 저만큼에 시드는 풀밭 가운데 팝콘
을 뿌려 놓은 듯한 하얀 꽃들이 보였다.

"저거 메밀꽃 아냐?"

내가 환호하자 그는 그제야 배시시 웃으며 입을 열었다.

"이 언덕에는 꽃이 별나게도 많이 피어요. 3, 4월 봄

에는 풀꽃들이 지천에 널리지요. 오뉴월에는 해당화가 아름답구요. 그리고 7, 8월에는 달맞이꽃이 그만이어요. 그런데 선생님이 온다 한 가을만은 아무래도 이 언덕이 좀 성글 것 같았어요. 그래서 메밀 씨를 뿌려 놓았는데……."

◦ 연필

추석을 지내고 학교에 간 딸아이가 눈이 부어서 돌아왔다. 왜 울었냐고 물었더니 저희 반 친구한테 큰일이 있었다는 것이다.

추석에 고향으로 내려간 엄마, 아빠가 교통사고를 당해 돌아오지 않았다고 했다. 무심코 "언제 오신대?" 했더니 딸아이는, '아이고 답답해' 하는 표정으로 "친구엄마, 아빠가 돌아오실 수 있으면 내가 왜 울어?" 하고 반문했다.

순간 나도 사위가 안개로 덮여 드는 것을 느꼈다. 이미 돌아올 수 없는 길로 들어선 분들도 그렇지만 남은아이들한테도 이런 막막함은 전날까지만 해도 전혀 상상하지 않았던 일이었잖은가 말이다.

나는 날이 저무는 둥지 속에서 어미 새를 기다리며 짹짹거리는 아기 새 울음소리를 듣는 것 같아서 자주 한숨이 쉬어졌다.

이튿날, 학교 가는 딸아이한테 책을 넣은 봉투를 내밀었다.

"너희 반 그 친구한테 가져다주어라. 용기 잃지 말라는 말도 전하고."

그러자 딸아이가 갑자기 내 엉덩이를 토닥토닥 두들기면서 대꾸했다.

"아이고, 울 아빠 이뻐라."

그런데 딸아이의 그 친구로부터 답신이 왔다.

"선생님, 연필로 이 글을 씁니다. 연필을 만지고 있으면 따뜻해서 좋으니까요. 선생님, 엄마 아빠가 계시지 않지만 따뜻함 잃지 않고 살겠습니다."

◦ 선물

5년째 카리타스 수녀회에서 발행하는 잡지에 글을

신고 있다. 그런데 그 수녀회 원장 수녀님으로부터 얼마 전 전화가 걸려 왔었다. 일요일 아침 식사를 수도원에 와서 하면 어떻겠냐는 초대였다.

"아니, 웬일로 아침 식사에 다 초대하고 그럽니까?" 하고 반문했더니, "선생님은 본명 축일도 모르셔요?" 하고 웃었다. 그때서야 나는 그날이 성인 아시시 프란체스코(나의 가톨릭 영세명)의 축일인 것을 기억해 냈다.

나는 모처럼의 일요일 단 새벽잠을 털고 일어나 아침 안개 속에 묻힌 수도원을 찾아가서 미사를 보았다. 남자라곤 미사를 집전하시는 신부님과 나 둘뿐인 수녀원의 미사는 수도복만큼이나 경건하였다.

미사를 마치고 안내받아 간 수녀원의 식당은 작고 검소하기만 하였다. 따뜻한 우유 한 잔과 빵과 야채, 그것이 전부였다. 식사 마침 기도가 끝나자 원장 수녀님이 일어나 말했다.

"보잘것없지만 저희 선물 받으셔요."

한 수녀님이 기타를 가지고 왔다. 그러고는 원장 수녀님까지 모두 옹기종기 모여 서서 〈태양의 찬가-프란체스코의 노래〉를 부르기 시작하였다.

오, 감미로워라

가난한 내 맘에 한없이 솟는

정결한 사랑

오, 감미로워라

나 외롭지 않고 온 세상 만물

향기와 빛으로

피조물의 기쁨

찬미하는 여기

지극히 작은

이 몸 있음을

그것은 이 세상 어느 것과도 비교할 수 없는 거룩하고도 아름다운 선물이었다.

◦ 갈대

강변에고 언덕에고, 심지어 버려진 돌무더기가에도 새하얗게 피어서 흔들리고 있다.
향기가 없어서 목을 더 빼어 든 것일까?

모딜리아니의 캔버스 여인네처럼 한껏 목을 올리고 이쪽을 물끄러미 바라보기나 하고 있는 갈대는 우수의 표정, 바로 그것이다.

그러나 갈대는 애가 타지 않는다.

눈물을 참아 내고 참아 내서 마침내 저렇게 새하얗게 토해 버린 것이다.

이제 갈대는 빈 대궁만으로 서서 아주 작은 바람에도 흔들리면서 가는 이는 가라 하고 남는 이는 남자 한다.

떠나 버린 슬픔에 초승달 빛 속에서 야월망정 한 점 기미도 끼지 않는 얼굴.

담 없는 어느 산사의 호롱불 빛 머금은 문창호에 어리던 긴 그림자가 생각난다.

◦ 노을

해가 지고 있다.

지는 해의 마지막 빛 한 줄기가 어디에서 사위어 가고 있을까 생각해 본다. 바람 새어드는 양로원의 창가, 전방의 포신, 공단의 굴뚝, 고층 빌딩 위의 피뢰침, 지

하도 입구에서 군밤을 뒤적이고 있는 여인의 손등. 포장마차의 휘장을 걷어 올리면 반쯤 남은 소주병 눈금에 머물고 있을지 모른다.

동생을 업고서, 일터에서 돌아올 엄마를 마중하러 나온 작은 소녀의 머리핀 위에서 반짝일지도 모르며, 지금 막 사위어 가는 석양의 이 빛 한 움큼은 막 출항의 닻을 올리는 밤 배의 돛대 위에, 밤일을 나가기 위해 신발 끈을 졸라매는 노동자의 손등 위에 떨어지고 있을 것이다. 가을, 노을이 저리도 아름다운 것은 이 때문이리라.

◦ 고치

잎 져버린 나뭇가지에 달려 있는 고치를 본다. 비상할 날을 기다리며 애벌레는 지금 묵상하고 있는 것이다.

그러나 저들보다 우월한 우리 인간들은 어떤가. 더러는 살아가고 있는 것이 아니라 굳어 가고 있지는 않은지…….

저 미물조차도 저 고치 모습이 마지막이 아니라는 것을 안다. 저들은 언젠가 저 성으로부터 탈출하여 창공을 날 나비의 꿈을 가지고 있다.

소유가 아니라 삶이며, 무거워져 감이 아니라 가벼워져 가기 위해서는 우리들 저 안쪽의 눈과 귀를 열어야 할 것이다.

눈 속의 눈을 열고

애벌레의 소망은 자신이 안주할 고치가 아니라 그곳으로부터의 탈출, 곧 나비가 되는 데 있는 것이지요. 그런데 우리는 자신의 주변을 둘러싸서 마침내 가두고 말 성을 쌓고 마는 것이 아닌가 걱정될 때가 많습니다. 애욕의 성, 소유의 성.

살아가는 것이 굳어져 감이 아니기 위해서는 우리들 저 안쪽의 눈과 귀를 열어야 하지 않을까요?

작은 솔방울 하나한테서 산의 이야기를 듣는 것.

검불 한 낱한테서 푸른 초원의 대화를 듣는 것.

모래알 한 알에서 집채만 한 바위의 천만년 내력을 듣는 것.

조개껍질 하나한테서 저 광활한 바다를 보는 눈과 귀를 원하는 것이지요.

···

'헹군다'라는 말이 있지요?

빨래를 맑은 물에 찰찰 헹구기도 하고, 그릇을 다시 한번 수돗물에 헹구기도 하고, 복숭아를 포도를 헹구기도 하구요.

그런데 우리를 헹궈 주는 맑은 것들에는 어떤 것이 있을까요?

파초 잎에 올려져 있는 청개구리의 여린 발가락, 돌 틈에 내려져 있는 풀뿌리, 숲속 옹달샘가의 파란 이끼들. 먹구름이 간혹 어려 있는 빨간빛 노을 깃.

코를 헹궈 주는 향기는 또 어떤가요?

난초꽃 향에서 호박꽃 향에 이르기까지. 아니, 풀 향기도 있지요, 그리고 차향도. 소녀의 머릿결에서 나는 비린내도, 막 딴 오이에서 나는 오이 내음도 상큼하지요.

이상 열거한 것들은 코를 헹궈 줍니다만 귀를 헹궈 주는 소리 또한 얼마나 많은지요. 파도 소리, 그리고 산사의 종소리, 후박나무에 보슬비 듣는 소리. 아, 드문드문 내놓는 뻐꾸기 노래도 있지요.

호암산 자락에 있는 수녀원에서 하룻밤을 묵었을 때

였지요. 아침 햇살이 발그레 드는 창호지에 어린 파리가 기어가는 소리도 그렇게 사각사각 음악처럼 들릴 수가 없더군요.

...

중국의 영화 〈현 위의 인생〉이라는 것을 보면 이런 설화가 인용됩니다. 하늘에서 목욕을 하던 옥황상제의 아들 둘이가 장난을 하다가 실수하여 땅으로 떨어졌다는 것입니다. 그러자 옥황상제가 사신을 보내어 고통스러운 세상을 못 보게 눈을 멀게 하라 했는데, 누가 옥황상제의 아들인지를 몰라 사신은 세상 모든 사람들의 눈을 멀게 했다는 것이지요.

그런데 그때에 옥황상제의 사신에 의해 감겨 버린 우리 인간들의 눈은 겉눈이 아니라 속눈이 아닌가 생각합니다. 그러기에 이 영화의 주인공인 장님도 현이 천 번째로 끊기면 눈이 떠질 것이라는 스승의 말을 믿고 피나는 노력을 하지만 그날이 되어도 눈이 떠지지 않습니다. 절망한 그는 임종에 이르러서야 비로소 깨달았습니다. 속눈이 열려 있음을.

...

휴가지로 마땅한 곳을 아직 찾지 못한 분들을 위해서 조언 한마디 드릴까요?

전기가 들어오지 않는 곳을 찾아가면 어떻겠냐는 것이지요.

저 하늘의 별들이 쏟아질 듯이 반짝이는 하늘 밑.

맨발로 걸어도 유리 조각에 다칠 염려가 없는 풀밭이며 모래밭, 여치 노랫소리도 은은히 들을 수 있고, 따개비 날갯짓 소리도 들리는 언덕 밑.

거기에는 개똥벌레가 우리들 어린 날의 꿈처럼 달려가고 있을 테지요.

전기가 없는 거기에서 촛불 하나 밝혀 놓고 바람이 들면 흔들리는 촛불과 우리의 그림자를 돌아보고…….

차 한 잔을 홀로 끓여 마시는 그 정적에서 우리의 도시 그을음이 비로소 털어지지 않을까요?

먼 산을 바라보며 지난 일을 돌아보며 잊고 있었던 그 사람도 생각해 보며…….

현대의 피난처는 도시의 소음 법석에서 벗어나 있는 외딴 두메가 아닐는지요?

...

날로 하늘이 푸르러지고 있습니다.

정말 하늘이 눈부시게 푸르른 날은 광장에서 춤추듯 세수를 하고 싶습니다. 맨발로 흙 위를 걸어 다니고 싶습니다. 블록담조차도 정답게 느껴져서 쓰다듬고 싶습니다.

"백기를 꽂고 무릎을 꿇기에는 하늘이 너무 푸르다"고 말한 분도 있습니다만 하늘이 정말 푸르른 날은 논두렁 물도 마음 놓아 버리고 먹을 수 있을 것 같습니다.

술에 취한 것처럼 하늘의 저 푸름에도 취할 것 같지 않습니까?

괜히 핑그레 눈물이 돌기도 하고 하늘을 향해 저고리의 단추를 풀어뜨리고 눕고도 싶은 계절.

하늘 저기에 유리구슬 하나를 떨어뜨려 놓는다면 언제까지고 언제까지고 구슬 굴리는 소리가 끝없이 날 것 같은 가을 하늘입니다.

하얀 나비조차도 코스모스 꽃잎 위에 발을 놓기가 차마 망설여지는 것은 하늘이 너무도 푸르기 때문이라고 생각합니다.

저 바다 가운데 서 있는 바위섬에

파도 자국이 없을 수 없듯이

이 세상 삶을 살아가는 우리들 중에

빗금 하나 없는 사람이 있겠습니까.

바라기는 그저 우두커니 서 있는 저 바위처럼

아린 상처나 덧나지 않게 소금물에 씻으며 살 수밖에요.

첫 마음

1판 1쇄 발행 2020년 12월 23일
1판 3쇄 발행 2024년 1월 19일

지은이 정채봉
펴낸이 김성구

콘텐츠본부 고혁 조은아 김초록 이은주
디자인 이영민
마케팅부 송영우 김나연 김지희 김하은
제작 어찬
관리 김지원 안웅기

펴낸곳 (주)샘터사
등록 2001년 10월 15일 제1-2923호
주소 서울시 종로구 창경궁로35길 26 2층 (03076)
전화 1877-8941 | 팩스 02-3672-1873
이메일 book@isamtoh.com | 홈페이지 www.isamtoh.com

ISBN 978-89-464-2171-4 03810

• 값은 뒤표지에 있습니다.
• 잘못 만들어진 책은 구입처에서 교환해드립니다.

(샘터 1% 나눔실천) 샘터는 모든 책 인세의 1%를 '샘물통장' 기금으로 조성하여
매년 소외된 이웃에게 기부하고 있습니다. 2022년까지 약 1억 원을 기부하였으며,
앞으로도 샘터는 책을 통해 1% 나눔실천을 계속할 것입니다.